锺叔河

著

夏春锦 禾塘 周音莹

编

念楼書簡

九州出版社
JIUZHOUPRESS

图书在版编目（CIP）数据

念楼书简 / 锺叔河著；夏春锦等编. -- 北京 ： 九州
出版社，2022.12
ISBN 978-7-5225-1506-9

Ⅰ．①念… Ⅱ．①锺… ②夏… Ⅲ．①书信集－中国
－当代 Ⅳ．①I267.5

中国版本图书馆CIP数据核字(2022)第226947号

念楼书简

作　　者	锺叔河　著　夏春锦　禾塘　周音莹　编	
责任编辑	李黎明	
封面设计	吕彦秋	
出版发行	九州出版社	
地　　址	北京市西城区阜外大街甲 35 号（100037）	
发行电话	(010)68992190/3/5/6	
网　　址	www.jiuzhoupress.com	
印　　刷	三河市兴博印务有限公司	
开　　本	880 毫米 ×1230 毫米　32 开	
印　　张	10.25	
字　　数	200 千字	
版　　次	2023 年 5 月第 1 版	
印　　次	2023 年 5 月第 1 次印刷	
书　　号	ISBN 978-7-5225-1506-9	
定　　价	79.80 元	

老社长：喜读盛禹九文（唐风宋×今天上午递来的），他

最后的那句话——祝愿您老更加健康长寿，就像您的

诗里写的那样，"越活越年轻！"也代表了我想说的话。

但我还想加一句：像您的健康长寿，对于我们实在有指标

的意义、典型的意义，文天祥云"典型在夙昔"，如今我们的

典型却越活越轻地在，唉"风霜月晓晨曦"，八十五岁

的我岂不也当努力活着争取活得更有意思一点么。附呈刊

物一本，P.124小文敬请过目，可否拢给盛兄看看也。即请

双安

　　　　　钟叔河　四月廿日

企生我兄：

承继新兄听达来，三湘都市报已

停，写"诸北河朱正日志一圆"，故园保即

引寄上。他曾想要我写篇文章（芸阿兄在

此高），我因近者前有赌辞之，故无其他意

"编者按"中如已说也。述高已完，我所可言。

安好

　　即候

　　　　朱河刘

　　　　六、六

瑜谷先生、若为初收到、以觇佳作、赏心悦目、快何如之

陽羨君

知是持运往快羡諸妙手形神兼在、四十年内至精留意见識、
感谢目戴、龍今吾上批著含糊任疑、即此下初眙于
02年壽詩感勞以實作浪亡可紧列付、已卯付九次、印数
近十萬係弟曾名手彷、
為名手彷
附上山東松槐一匣候之、即颂
佳吉

錦城汙切
庚辰三月初三日于金槐

吴門風土、竟止刊、地下倘王帶笑看、

我愛姑穌王穉句、全傾肝膽寫鉛丹、

己亥夏喜日贈下作此寄寫罷始覽

王子重出已无法的相

气然庵蓋石隲之

八十八歲鍾林河汁

拙筆前已呈政、兹附寄

港阪一冊 請多指西為立幸

西諦先生、

謝謝寄下毛邊紙，想來覺得
是土法的紙好，大概也是有日本人那樣的毒嗜人。
才會正回純手工會雲楊樹從來裹一筆墨色白
樣的紙了罷。即祝
如

此河上

整理说明

　　本书是锺叔河先生继《锺叔河书信初集》和《谷林锺叔河通信》之后的第三部书信集，所收内容与前两种均无重复。

　　书中共收录写给七十八个对象的书信合计近四百通，按收信人年齿大小排列，一人名下有多通的则按写信时间先后排列，对没有年份的尽量做了补充，实在无法确定年份的则置于其后。

　　为了便于读者更深入地了解书信内容，编者对信文中的相关之处做了简单注释，希望能对当初信手写来的信文有所补充。

　　书信中凡是出现仍在使用的地址、电话等个人信息，一律删除，并出按语说明。

　　书稿经锺叔河先生亲自审订，书信中如有笔误则径改，有脱字则适当补充。

　　书信正文中除了页码、序号和落款时间外，尽量不用阿拉伯数字；标点符号与现行习惯不相符者亦径改之，不再另作说明。

　　所收书信多为收信人提供，少数为他人提供或见于相关著述或源自网络，均作了说明，以示鸣谢。

编者

二〇二二年四月廿三日

序

翻开那本《知堂谈吃》，书前有题记："竹峰贤友从郑州托书同君来索签名，亦热心读书人也，喜而签之，锺叔河戊子冬于长沙。"从此有幸和锺先生订交，老爷子长我五十二岁，穿过人生的风雨逆境，依旧春风送暖，依旧柳舞桃花，只是底色厚了，人生的足迹生出包浆，仿佛苍茫的古画。

十多年里，没能时常亲临謦欬、亦步亦趋，但念楼墨光字影让人获益良多，学问、文章、为人、处事，一件件一桩桩，有法可依有章可循，给我无数启发无数关照。只是日常往来通话多而写信少，真羡慕有人和他通信如此频繁，可惜舍下存的念楼书信寥寥，有几封早年手札埋存书堆，一时不好找到。

格外喜欢锺叔河先生的字，大大小小，题签题诗手稿，珍藏有近百幅吧。见字如面，前几天又收到他几幅墨迹，真高兴，九十多岁落笔不抖，又精到，也劲道，真是奇人也。书法怕是抄不了近道，那代人从小和笔墨厮守，一辈子风风雨雨，一辈子笔墨相随。字里看人，锺先生身体虽然有恙，字迹雄健，闪动吉光，不是吉光片羽，而是祥云高照。这让我更高兴。

锺先生送我或编或写的书有近两百本，我送他书却少，七八册小集子，存个文思，存个后辈的敬意。偶尔报刊发表拙作，老爷子看见了，打电话说一点感想，谈半天闲话。隔了年代隔了学问，我们谈得多的是闲话，文章闲话，人情闲话，世道闲话，往事闲话，学问闲话，家常闲话，还有闲话的闲话。寄情以闲，性情而话，畅谈半天。

私信与通话时的锺叔河，出入春秋笔法，和书籍文章里一样通透一样俏皮一样斩钉截铁。早年信件与近来手帖，纸上有一以贯之的清通流畅，谈心绪，谈文艺，谈家常，有衷肠，有思想，胸襟张开，老派风度萧然，都是很有意味的白话文。况味仿佛暮春初夏天气，景明之感让人一新。锺先生笔力向来不一般，横扫千军却轻点而过，不深究，文法如兵法，穷寇莫追，其中谋略，只可意会难以言传。锺先生文章美在声色上，动与不动之间，动如脱兔，呆若木鸡，木鸡养到。庄子说纪渻子为齐王养斗鸡，隔十日即问，总也不成，如此反复，方才让那斗鸡望之似木塑泥雕一般，其德全矣，余鸡无敢应战，见之即走。黄庭坚诗赞曰：

梦鹿分真鹿，无鸡应木鸡。

习文二十年，虽时时见贤思齐，也不过思思而已，文章学问重修行，要敏而好学，奈何天分有限，下笔远不能望锺叔河先生项背。为之题序，我不配，作诗以贺以庆，为老爷子喜，为读书人喜：

只鸟笼中鸣客醒，儒师道法苦茶神。

曾因四十八条罪，伏志周身藏颖尘。

饮水浅杯无醉态，念楼遥看小西门。

自编自写自家话，下笔不从鲁树人。

文章延年，谨此恭祝锺叔河先生吉祥如意。

胡竹峰

二○二二年六月八日，合肥，作我书房

目　录

致朱一玄① 一通②

一玄同志：

三月八日的信收到了。

我已于去年十月离开岳麓书社的工作岗位，现已调到省出版局来了（专任编审）。"凤凰丛书"我在书社时发了十多种，其中关于古典小说的也就只有萨孟武的这两册罢了。现在书社要建房子，不能不"朝钱看"，此类书恐未必能多出矣。书目也只有我于八七年编印的一小册，现遵嘱寄奉，却已是明日黄花了。

您能推荐出版旧籍的书稿，却很欢迎。因为我虽已与"岳麓"脱离关系，却仍为出版编辑界中人也。贵校来新夏先生的一部书稿③即为我推荐到湖南人民出版社出版的。当然，推荐不等于拍板，"权"我是没有的。

《古典小说大辞典》，民国时期的小说恐不能入此范围，大概您所说的是民国时期研究古典小说的著作吧？这类书恐得向图书馆及研究机构求之，现今的出版社，懂旧书和熟悉过去书目的人并不多也。

以后赐示，请勿再寄岳麓社，我的通讯地址为：（编者按：地址略）

---

① 朱一玄（1912—2011），山东淄博人，南开大学中文系教授。
② 见于网络。
③ 指《路与书》，原名《书与路》，后因故未能在湖南人民出版社出版。

　　匆致
敬礼!

锺叔河

89.3.12

致朱九思^①　二通

一^②

九思同志：

祝贺您的诞辰，更祝老而弥健，并祝王静同志身体健康，全家幸福快乐。

因为朱纯生病，不能去武汉拜寿，只能托维新同志代为奉上小书二种，谨供一笑。

即请

福安

钟叔河敬上

乙酉年中秋于长沙（2005）

二^③

九思同志：

谢谢您嘱重璋、华平同学给了我一册《朱九思评传》，读后觉得它虽然还写得不够充分，却也在大体上写出了您立

---

① 朱九思（1916—2015），江苏扬州人，教育家，曾任华中工学院院长兼党委书记。

② 石正浩提供。

③ 见于《左右左》，钟叔河著，上海辞书出版社2014年版。

德立功、有色有声的一生，确实是后辈学习的榜样。华平希
望新干班人读后能各抒所感，阮甫堂同学已经发表了一篇，
自忖匆匆不能写得更好，只能先谈谈两件您关怀我的往事，
略表不忘旧恩的寸心。

四九年八月三十一日，新干班口试后第二天，手持廖经
天同志写的介绍信，走进经武路二百六十一号时，是您亲切
地接待了我。初见未满十八、一身稚气的锺雄，您的神情略
显意外，但阅信后便释然了，随即亲切地告云：

"报纸刚创刊，局面开展快，人手很不够，特别是新解
放的乡村，报道亟待加强。你写《人民拥护人民币》写得不
错，年纪虽小，文字基础还可以。明天有两位记者去县里采
访，你跟他们一起下去，就是报社的实习记者了。"又问我
还缺什么生活用品（须自打背包下乡），听说还缺一床蚊帐，
您即叫李世晞拿床新的美军蚊帐来，要我拿上它就去松桂园
找柳思和柏原。第二天一早，他俩带上刘见初和我出发，一
个中学生就这样走向了社会，走向了人生。

从那天起，到您奉调离开报社时为止，开头几年里，在
李锐同志和您领导下，我在采访编辑工作中一直很开心，也
有了些微的进步。还记得您在临别召开的编辑部大会上，宣
布了新的编委名单（最后一名是袁家式），末了还宣布任命
我为总编辑室秘书。很对不起您的是，这个秘书我却没能当
好。因为李锐同志和您一走，我就成了"恃才傲物，目无领
导"的典型（某同志年终鉴定总结报告中语），工作随即调
往财经部易子明同学手下，"目无领导"的毛病自然也越来
越严重了。

　　您心目中的我却好像不是这样的。我平反改正后，您即派刘春圃（已由您调到华中工学院当外文系总支书记）来要我去"华工"。春圃告诉我："九思说，锺叔河我了解，是一个做得事的人，那时年纪轻，有点锐气正好嘛，又没有作风品质问题。"几句话说得我心里暖洋洋的。九思同志，您八十大寿时我以诗拜寿，"寒冰百丈送春风"那一句，写的就是我的心里话。

　　但当时我刚落实政策，一大堆问题需要解决，坐牢九年要索赔，流散子女要找回，实在无法离开湖南。后来"华工"创办新闻系，您又一次派春圃来，叫我和傅白芦去当教授带研究生。这一次我本想投奔麾下，但"走向世界丛书"已经国家立项，还是走不了，只能辜负您。

　　从四九至八九，整整四十年。四十年中您遇我甚厚，而我报您甚薄。如今您寿近期颐，我亦年过八十，今生已难言报了。唯物主义者不信有来生，现世的报应却所在多有，人们都看得见的，那就是后辈对于前辈的评价。它可以托诸口舌，即所谓口碑；也可以托诸笔墨，即所谓文望；当然还可以存在心里，即所谓心铭。《朱九思评传》便是您的文望。对李锐同志，我作有《老社长》一文，对您我就先写了这些，向您致以深深的祝福。

　　六十三年前的新干班学员锺叔河，二〇一二年四月五日。

致李锐^①　一通^②

老社长：

喜读盛禹九文（唐承安今天上午送来的），他最后的那句话——祝愿您老更加健康长寿，就像您的诗里写的那样"越活越年轻"！也代表了我想说的话。但我还想加一句：您的健康长寿，对于我们实在有指标的意义、典型的意义，文天祥云"典型在夙昔"，如今我们的典型却越活越年轻地仍在"嘶风啸月唤晨曦"，八十五岁的我岂不也当努力活着并争取活得更有意思一点么。附呈刊物一本，P.124小文敬请过目，并盼能给盛兄看看也。即请
双安

锺叔河
四月廿日（2015）

---

① 李锐（1917—2019），湖南平江人，原中央顾问委员会委员、中央组织部原
　副部长。
② 韩磊提供。

致柳思 ^① 一通

老柳：

　　一直没得到你的信，不知身体可好？诸事称心否？念念。

　　小薄的事，还是得请你从旁促促。他近日有信来，在内蒙等得很不安。是否请你写个信去稳稳他的情绪。"内蒙达茂旗西营盘公社毛忽洞大队五福堂生产队薄海旺收"。

　　李锐有信给胡真转冰封，对龙胆紫 ^② 重印提出具体要求，并要我和朱多过问。我们拟从张翅翔手中把此事接过来，由我设计版式，朱校正错字。此议如胡真、冰封批准，效果当比张搞好一点。便中请告李锐同志，并请他一定再催催周惠。（或请他给周一信，我叫小薄去找周。）

　　余现在和朱正等全力搞鲁迅百年纪念诸文，干劲甚大。胡真已向我和朱正表示，同意俟鲁百年后，把鲁研和古籍合起来。问题是社里一直无人代替你那一脚，冰封又把古籍推掉不管。形势大好，班子不齐，真有点伤脑筋。我也只好遵照嘱咐，独善其身，把这套丛书搞下去，如果他们能让我搞下去的话。

　　匆匆，盼复。

　　握手

叔河
2/25

---

① 柳思（1917—2009），作者在报社和出版社时的同事，后调北京工作。
② 指李锐著《龙胆紫集》。

致李祁望① 一通

祁望先生：

奉上拙作一册，页一六三、一六六两文，甚望先生能拨冗赐览，又页一八〇一文内有几首挽联，联语拙劣不堪呈教，却可见我和尚其煦老先生、蓝肇祺先生的一点往事。因读大作，又不禁感慨系之矣。拙作卷首"能使家奴"两首小诗，则本是页一二二文内的，并陈。即请

著安

锺叔河

八月十一日

电话中提到的另一本书一时找不到了，故改寄此册也。

---

① 李祁望（1920—？），湖南长沙有色冶金设计研究院工程师。

致罗孚 ① 七通 ②

一

罗孚同志：

收到了朱正同志带给我的《忆》，谢谢了。

范府一面，倏忽六年，人事浮沉，不胜感慨。

我正在编知堂散文全编，周丰一先生还肯相助，但他受旁人影响，于稿酬要求渐趋增高（知堂之文，多属全印旧著，出版社先付千字十五元，我看三百万字可得四点五万元，亦不低了）。不知你有无好朋友为渠所尊信者或可从旁婉为解劝乎？

希望劝劝他，趁着锺叔河还能编书，把老人的生平著作编成一个足以传世的本子，实在是人子最好的孝道，如为了多几个钱，致使此事告吹，就太对不住先人了。

我比你年轻，但心境恐更老。几乎到了不想干任何事的时候了。

祝福

锺叔河

---

① 罗孚（1921—2014），原名罗承勋，广西桂林人，报人，曾任香港《新晚报》总编辑、《大公报》副总编辑。

② 王金魁提供，见于《罗孚友朋书札辑》，高林编，海豚出版社 2017 年版。

二

罗孚先生：

您好。

上次朱正带给我一本《忆》，说是先生所赐，因想等我的一册小书（书名叫做《书前书后》）印出后再寄呈指教，而出版却一拖再拖，恐怕会要拖到今年冬去，是以迟迟未能致谢，十分抱歉。

我正在编知堂散文全编，想在各卷之前多印几幅知堂各个时期的照片（原片或香港印本可以翻拍者均可）。现在收集到的，或不够清晰，或为人所熟见，都不理想。想来想去，还是只有请先生帮忙，先生肯帮我这个帮吗？

我这几年完全在做蒐集知堂佚文的工作，现已把他四九年以前的集外文大致收齐。四九年后则尚待努力。海外鲍耀明、郑子瑜诸人都提供了所藏，不知先生还能指示线索否？

我的通讯处：（编者按：地址、电话号码略）。

专此即颂

文祺

锺叔河上
92.9.18

三

罗孚同志：

你托朱正兄带给我《忆》，早就收到了，因为想等一本拙作印出后再"报"，所以迟至今日才写信道谢——可是书还没有出来。

我正在编知堂文编，想把集外文尽可能地收入，有件事得请你帮忙，就是蒐集知堂的照片，不论何时所照，单影合影，都想尽可能多收些，不知你能够或愿意帮忙否耶？

我八九年以来不出外活动，也不上北京了，一则血压太高，二则总觉得没有什么高兴事可以和朋友说的，正所谓乏善可陈也。编知堂书，就是我现在唯一的工作和愿谈的事。匆此即颂

文祺

锺叔河上

92.10.13

四

岁暮天寒喜索居，半生心愿未消除。也思春梦无凭据，炳烛南窗赶写书。

知堂打油诗抄呈罗孚先生并祝

春节快乐

锺叔河顿首

一月七日

五

罗孚先生：

　　《知堂回想录》手稿已送文学馆，此事数年前先生即告诉我了，但先生同时又说，还存有复印件全份，可以借我参阅，故此次大胆乞求。河北版的编订者止庵先生的学识水平，素所佩服，但毕竟不能躬亲校对之役，故自选文集仍不免有误排失校之处，观《自己的园地》目录中将"绿洲"误为"绿州"可知。所以如果回想录手稿复印件仍存尊处，能惠借数月，则感激不尽矣。如已不存，那就自然没有法子据以校对，解决疑问了。

　　我还有一事想请教先生的，便是回想录从一九六四年八月何日开始刊载《新晚报》，旋被腰斩，究竟刊到了哪月哪日哪一节？后来《海光文艺》上是否又刊登过没有？到一九六七年后在《南洋商报》上刊登的起止日期和具体篇目又是如何的？都很希望能够得到指点。兹将印本目录复印一份附呈，乞先生在上面批示，以便编集时据以说明，万一还有剪报留存，得以参见每节发表的具体日期，则毫发无遗憾，当顶礼叩谢。先生玉成之仁心大德矣，我做这些蠢事，完全出于对知堂文字的偏爱，彼此同心，先生当能谅我也。专此盼复，即请
著安

锺叔河
三月十七日

六

罗孚先生：

　　三月十七日敬上一函，令保姆去邮局投寄，被勒令换用邮局出售的信封，结果被香港邮局退回了。故此信只能请鲍耀明先生转达。三月十七日的信，仍恳垂察。

　　专此即请

著祺

锺叔河

五月廿七日

七

罗孚先生：

　　廿五日信敬悉。

　　张荚芳先生已应允提供复印件（可能是从文学馆借出再复印的）。但我尚未到手，如到手后的是全稿，则不必再向先生求助了。但张先生又说她这份复印件已有残缺，如残缺过甚，则可能还要请先生补印若干篇页，届时再奉渎。

　　河北教育社印本，张先生送了我一套（已转赠鲍先生），后来我又买了一套。此种号称据原稿校过，而错误仍多，如果先生手边有书，请翻到上册 P.156—187，P.186 第二行：

　　石印小本的《二进官》

即显系《二进宫》之误。这还是一望可知的，但也是笑话了。

P.187 倒数七至八行：

　　特别那时我所看到的那可真是太难了

　　这"难"字下肯定得有个"看"字或"堪"字才通，这就不便臆增，非查原稿不可了。

　　如今年轻人好谈"学问"，而不大肯做一个字一个字认真校对的工作，此亦……，毋庸多说。但我已七十四岁，总不能敷衍了事，署一个"××编校"就万事大吉吧。区区此意，幸垂察焉。即颂

著祺

锺叔河

九月三日

致范用^①　十二通^②

一

范用先生：

久疏问候，原因是乏善可陈，于老前辈前，徒增惭悚。今因拙编《知堂书话》印成，特另行检寄上下各一册，请收。还有一册《知堂序跋》，实际上是三册合为一部，周氏读书之文，已尽于此。忆及三年前朱正同志曾转达尊意，令我选编周氏散文，愧无以报，就此作为一个不像样的答复吧！周氏散文我仍有意选编一本，专取其美文，而尽量不收人所共知的那些篇目，不知前辈有何见教。匆匆即请

大安

锺叔河

6.29（1985）

二

范用同志：

拙编《知堂书话》，纸墨俱劣，实不足呈览。但此书诞

---

① 范用（1923—2010），江苏镇江人，出版家，曾任三联书店总经理，《读书》杂志创办人之一。
② 见于《范用存牍》，汪家明编，三联书店 2020 年版。先后顺序按此书。

生，却是由于您的一句话。这还是大前年，朱正同志从北京回来，说："范用同志想约人编一本周作人散文选，不知您愿干否？"我说："我倒是想干这件事，但条件不够，周作人的三十多部集子，我所有的不过二十部，先得把书找齐再说。"去年才把书找齐，朱正又说："三联已约舒芜编了。"但兴趣已经煽起，便不甘寂寞，于是决定选编《书话》。原来是连序跋一起编的，后来觉得序跋文主观色彩、感情分子更多，便决定另成一辑。现在《书话》已出，《序跋》也付排了（大约今冬明春可印出）。《文选》我也还是想编它一本，专从文章之美来着眼，书名（后缺）

（1986）

三

范用同志：

收到了您的信。您说您已经"脱离"三联，闻之不禁痛心。中国究竟有几个人把一生心血都放在出版事业上？出版事业究竟还需不需要有人尽心尽力地耕种扶持？

李老一信，邮寄恐难直达，烦将在您去看他时面交或念给他听。我因不喜谒见尊长，至今未能和他多谈上几句话，但对他不能不有知己之感。此老一病，晨星寥落，中国文化更不堪问矣。一叹！

知堂书只要能印，一定寄奉。

董秀玉在港搞得怎样？我曾建议她出一个知堂四九年以后所作文的精装本，由我选十五万字左右，她尚未回信。

匆请

著安

锺叔河上

8.2

四

范用同志：

购寄的书，已由朱正同志领到，十分感谢。

"三联"在我心目中是出版界的旗帜，现在不至于有什么麻烦罢？为了自己，确实可以不做事，因为不做事就不会生气；但为了历史和文化，又不忍不做事，苦恐怕就苦在这里。

我很想告别出版界，反正离休是可以的，也不至于再去引车卖浆。但我的处境和朱正又稍有不同，他们虽不准我放手做事，却又不准我走开，反正就这样夹着。

另封寄拙编《知堂序跋》一册，聊以为报。

敬礼！

锺叔河

5.19（1987）

五

范用同志：

手示收到。

寄下的"书信"，没有前半截（P.216 及其以前的），只有 P.221 的一个尾巴，便中请仍补寄全文一份，此间两个月后还看不到杂志的。

广告登在《光明日报》今年一月三日。

老沈、小董事太忙，几乎没有给我写过信。书我也不敢要，因知三联经营亦煞费苦心也。既承厚爱，只想要点关于人类文化学或文化史的译本，于愿已足。

周氏书中宣部已同意岳麓"有选择地印行"，以后当陆续寄奉新版的。因为旧本颇有多错字，而新刊各本我都会手校一过的。

京中有何大事，仍盼示知，李老前请代为问候。他很关心我，而我却碌碌无为，实在愧对先辈了。

匆匆即请

暑安

钟叔河

6.1（1987）

六

范用同志：

在《文汇报》上读到您怀念田家英的文章，我想告诉您，这是我所读到的最好的文章之一。您不以文名，而能飨世人以如此好文章，足可不朽矣。

我仍在编周书，写此信并无别事，就只想告诉您这一点。

敬礼

锺叔河

10.28

七

范用同志：

祝贺乔迁。十楼（这是我从门号推定的）之上，是会看得更远的。看到了什么新景致，盼能告诉我一声，我想新景致总会出现的。

祝

双安

锺叔河（是"河"非"和"）

8.4

八

范用同志：

收到您移居通知好久了，因为一直忙着编周作人文类编，有十卷六百多万字，一半是集外文和未刊稿，须校对所引多种中外书籍，十分吃力，所以竟没有给您写信。

现在忽发奇想，加之湖南少儿出版社的社长来找我"出点子"，就给徐淦先生写了一封信，不记得他的通讯处了，只好托您转给他。我这很想您帮忙多推荐几本自己作画兼作文（诗）的外国书，印出来大家看看。咱们至今还在强调"教育意义""灌输""宣传群众"……我无权无勇表示不赞成，但想点办法印几本"没有意义的""荒唐书""无稽诗"，也算是我这个顺民的一点表态吧。匆匆，祝好，能够给我出点好主意么？

锺叔河

11.25

九

范用同志：

昨天姜威来，我才知道您去年跌伤，幸吉人天相，居然康复。迟到的慰问，实在惭恧，但还是不能不写此信也。

我这些年，和外间的联系，越来越少。周作人十卷本的搜集校订，费了不少力，书已排校制版，但又说要等"抗日五十周年"过去后再开印，亦无可如何。

姜威说，您的精神很好，但体力似已逊从前。我恳请您多加珍摄。您的文章写得太少，我切盼能多读到一些，所撰"食谱"也极望能够读到，虽然我于此道一窍不通，但夷门屠狗卖浆，也可和圣贤发愤所为作一例看也。

我今年也六十四岁了，如果和朋友们谈国事天下事，谈社会文化事，也和您一样不免愤激，转念一想，这又何必。怕麻烦的人，正在盼着我们的肉体早些消灭，那么岂不是正应该平心养气，把青山好好蓄着，等着看大轴压轴戏么？

原以为今年可将周集送您，不想又搁浅了。

匆颂

著祺

锺叔河

5.25

<h2 align="center">十</h2>

范用同志：

很高兴收到了您的信，虽然"久未通问"，但心中一直是记念着您的。

读中国古文，有节奏感，有音乐性，您这是知味之言，可能与汉语有四声（平仄）不无关系。但现在的"写家"们用电脑"写作"，一天高产几千上万字，头脑里充塞着的又多是匹克威克（用胡适还是梅光迪诗中语）。其实他们自己也未必真懂，不过总可以在报刊上频频露脸，就顾不上这些了。

老实说《读书》的文风也正在"后现代化"，虽然承他们仍在赐寄，我却已经很少拜读了。

《学其短》这类事情，写家们是不屑于做的，而如今的编辑亦大多在追"名写家"，未必看得起这类小玩意，故出书之事暂时恐无希望，我亦不惯主动兜售也。《广角》编者老刘是我的老同学，他叫我搞才搞的。即候著祺。

（我从八九年起即未入岳麓书社之门了。）

锺叔河

三月廿七日

胡适、林语堂的西学总比今之的博士们好，而文风却并不西化，大有意思也。

十一

范用同志：

在京以不得畅谈为恨。明年李普同志答应借房子给我，住京看半年书（到图书馆），因为我老婆想到美国去看女儿和外孙，故正好利用这个机会，但愿还有促膝长谈的时候。

《李一氓回忆录》看完了。此老经历丰富，“经验”也丰富，故于上海特科，叶、项矛盾诸事俱简略言之，读来颇不过瘾，但总之是一本写作态度诚恳的书，没有别的大老那样矫情或者违心，前言中所举“三原则”大有深意也。

罗孚现在香港的通讯处，请您快点告诉我，因为我要找他，请他把周作人佚稿拍几张黑白照片给我，作为文集的插页。佚稿复印件我已从陈子善处得到，也有彩色照片，但彩照不合制黑白版的要求。如他已来北京（估计不会再来的吧），则请先为我打个电话，并把他的电话号码和现在的通讯处告知。谢谢您了。

专门为这件事写这封信，因为我现在全部心力都专注在这件事上面了。匆匆即请

夏安，并请代问徐淦同志好

锺叔河上

7.5

十二

范用同志：

很高兴收到了你的信。骂止庵的"文章"虽未见到，却在意中。今天骂止庵的，也就是十多年前骂锺叔河的。随着人性的复苏和文学观的取正，周作人的历史价值和现实意义日益显现，此辈靠教条在"学界"混生活者之气急败坏，我看正是一种好现象，盖说明其亦自知命不久长了也。

知堂单行本，我一九八四年至一九八九年在岳麓印过二十来种，（后来）湖南"三种人"（查泰莱夫人的情人、丑陋的中国人、周作人）遭殃，遂告中断。幸得止庵之力，卒告全部问世，此私心极为快慰之事。其中《木片集》一种，原本即我所提供，《老虎桥杂诗》谷林抄本，原本亦是从我处拿去的也。新书由周氏儿媳寄了我一套，止庵当然也是同意相赠的。

我正在把《学其短》加上一点自己的私货，用"念楼学短"为名，拟印成一本，不久即可奉寄。去年三月间你曾来信，对此谬加赞许，这也是印书的动力之一（先寄校样一页呈教）。

南京董宁文约我编一小集，加入"开卷文丛"，听说你也有一本参加，故望能成为事实。

我十一月初将赴美国小女家住半年，所以"开卷文丛"必须在八九月结集交稿，因为回来当在明年五月以后了。

我辈仍须善自珍重，俾能克享遐龄，好看世界。匆匆即颂佳吉。和止庵通问时乞代致问候。虾蟆噪人，却咬不死人呢。

锺叔河

8.6（2002）

致俞润泉[①] 三通

一[②]

俞兄：

那天接孝雍嫂电话，即趋往传达室，拆开大包，照所写姓名，分别将大著送呈朱悦、张先友……（平日素无交往），并请其回报吾兄。李局长处则错打了一个电话，其实兄专送他的大包书他早就收到了。

大著拜读，佩服之处甚多。即如后记中自述："年近八十，体力早衰，但还能伏案作文，歌功颂德。"读之即不禁会心而笑，从知"隔宿有粮先换纸"的"老反革命"，"贼心"仍未死也。

我这两年并没有写什么东西，来示所云"陈义甚高"者不知何所指，岂说的仍是十多年前写的"黄鸭叫"耶？此诚如大作所云，是"现在文化水平很低的厨工的叫法"，难道还有什么更高的陈义么？一笑。

"印成一书"的倒确实会有两种，但还须等半年左右才会在安徽、江苏印出来，一名《念楼集》，一名《偶然集》，

---

① 俞润泉（1925—2003），湖南长沙人，1949 年 8 月考入《湖南报》、新华社湖南分社新闻干部培训班，后任《新湖南报》编辑、记者，系湖南省文史研究馆馆员。
② 夏雷鸣提供。

《黄鸭叫》会收入后者，盖都是八九十年代写的东西。这两年则只做了点《学其短》，系古文今译一类中学老师做的事，曾被人批评为"不信"者也。此则不足呈览。

真真在美国，我还没有去过（朱纯则去过的），故本月拟前往小住，回长当在明年五六月间，届时再联系吧。

秦指导员的情况，听胡君里介绍过一点，还看过他们合影的照片。我在《胡君里和他的书》小文中提到过他。

你是乙丑的，长我五岁，请多珍重。寒菌究竟是很好吃的，多吃一年是一年也。匆匆，即请

大安

锺叔河

十月三日（2002）

志浩兄前天在舍间盘桓了半天，他则已逾八旬矣，康健如恒，至为可喜。我的身体实在还不如你，肯定要走在你的前边的，"不怕死只怕痛"，听之而已。

一 ①

润泉兄：

八歌收到读过，觉才力不减当年，而一往情深，何其执着耶。

只是关于"侬老友""锺"的话，匪止不伦，亦属蛇足，夸大一点说，简直使人有故作滑稽、自堕恶趣之感，建议以

---

① 石正浩提供。

后不必再写这样的话，至少是不必将"锺"带上。

尚久骖在新疆招扶得痴呆的老伴，二子均远在美国，孤单得很。节前寄了首诗来，遂在《偶然集》上题了四句回赠：

记得青山那一边，花间蝴蝶正翩翩。
可怜茵梦湖中水，不照人间五十年。

"我们的青春在青山的那一边，可它们现在成什么样子了呢？"乃《茵梦湖》中名句，解放前曾与久骖共读。匆匆即问
近好

叔河弟顿首
十二日

三①

润泉吾兄：

和恶疾作战，也跟和恶命作战一样，自己要有克敌的气势。你的病已芟除，再跟踪追击，彻底消灭遗毒，可望完全恢复。留下个"无言"的后遗"症"，实在不算大损失。猩猩能言，不离走兽；鹦鹉能言，不离飞鸟。能言又有何可羡？

那天从医院看你回来后，确曾作了一首四言诗。但不是

---

① 夏雷鸣提供。

赠你的，只是表示自己对"无言"的一种倾慕而已。

"格言"都是从启明老人文章中看来的。一则是录《紫桃轩杂缀》——

××生辟谷嘿坐，人问之，辄曰："世间无一物可食，亦无一语可言。"

另一则是——

××云：不可与言而与之言，失言；可与言而不与之言，失人。与若失言，宁可失人。

我在一九五五年也失过言。一九五七年又大失其言。这都是历史的教训。

"诗"曰：

（见下页）

我从来没有写过可算是诗的东西，而且记忆早已消亡，记得的不到一二十首。我看，把我放在诸公一起，徒粪佛头，岂不罪过，这件事就免了吧！匆此，即颂

健康早复，孝雍嫂未另。

弟叔河顿首

致叶亚廉[①]　六通[②]

一

亚廉同志：

您的信收到了，谢谢您的不弃。

拙编"走向世界丛书"问世以来，谬赞者甚多，亦每每提到了各书的叙论。现在丛书早已售缺，重印暂时势不可能，而希望要看这套书的人，亦往往是想要看这些叙论。所以，一氓同志建议我将叙论汇印为一册，"以便读者"，我觉得应该接受。一氓同志是读过中华所出那册书的，但仍建议将丛书叙论结集出版，当然在他心目中这是两本不同的书。事实上也确实如此。比方说，关于李鸿章、戴鸿慈、载泽、祁兆熙诸人的书的叙论，中华那本书全未涉及；中华那本书有的一些章节，这本书也根本不会重复。就是郭嵩焘、王韬等人，中华那本书是作为互相衔接的各章而写的，叙论集则原原本本用的是丛书各本前面的叙论，文字面目都不同了。（顺便说一句，中华李侃同志盛情可感，责编吴杰同志亦极负责，但出版印制装订太差，尤其是把我精心蒐集到的人物

---

① 叶亚廉（1926—　），四川泸州人，上海人民出版社编审、历史编辑室原主任。

② 信件现藏上海中国近现代新闻出版博物馆。

照片印得十分糟糕，使我深为不满。我的希望是把叙论集出好。）当然，既是出《"走向世界丛书"叙论集》，已出丛书各种前的叙论即不能不收，亦不能因为中华那本有专章记郭嵩焘、王韬……这一本就舍郭、王而不列，同时除个别地方外，亦不宜过多改动，免失原貌，不知尊意以为然否？

　　书前拟用一氓同志序，并将拙作《"走向世界丛书"总序》作为开篇。卷前插页只用书影（原刻本、手稿本）不用人像，庶几与中华那本"拉开距离"。

　　以上各点，均盼高明指教。如蒙同意，可以在春节后即将丛书十卷（共三十六种，计叙论二十六篇）寄呈，并另寄叙论复印件一套，以供审政发稿。安排出版的时间，亦盼赐示，双方是否还要履行一下手续（此间从今年起已严格执行合同）？

　　另封寄奉近出周作人著作数种，乞哂收。随寄书目，不足污尊目，聊表寸心而已。

　　匆匆，即请

编安

锺叔河

88.2.8

二

亚廉同志：

　　手示收到，谢谢不弃。全稿当遵嘱在半月后寄上。还有一些小的想法，过两天再写信呈教。这几天开高级职称评委

会，闹得不可开交。草草，即请

文安

锺叔河上

三月八日（1988）

三

亚廉同志：

您好！

我已邮寄上拙编丛书精装本两套（共四件），一套赠您，一套请转赠原放同志。此系专供国外的版本，国内没有发行，也是我自己留存的最后的书了。

书的照片和装帧，可供印"叙论集"时参考。我希望照片印得清晰一点，恐非用铜版纸不可。装帧也可以用帆船图案，因为它已成了丛书的标志了。这些请和搞装帧的同志一商及之。

昨天《人民日报》登出了该报记者采访我的记录，其中有几个错字，如"时无英雄，遂使竖子成名"，记者把"时"字听成"世"字了。这篇东西简述了我编这套丛书也就是写这些叙论的思想主旨。盼能抽暇一阅。

书收到后，请回一信。

匆祝

笔健

原放同志未另

锺叔河

3.11（1988）

四

亚廉同志：

手示奉到。全稿当尽快寄胡小静同志（他已来信）。《亦报随笔》一册已寄出，但可能未挂号，如未收到，请简示数字，当再续奉。匆请

著安

锺叔河叩

6.10（1988）

五

亚廉同志：

二月三日手示奉悉。拙著能得关照终于发稿，十分感谢。今后的印制，仍盼继续分神照顾，使之能比中华所出《走向世界》的反映更好一点，此固叔河个人之幸，亦与贵社盛誉不无微末相关也。"走向世界丛书"在海外中国学界和台湾稍有些影响，而中华本《走向世界》早已售缺，只要能够加强宣传征订，也许印数比别的硬性读物可以稍多一点，减少一些亏损，则叔河私心亦可少安了。

出版滑坡，盖民族文化危机之表征，亦非吾辈所可挽回于万一者，惟中流砥柱，彼滔滔者固天下皆是，而一意孤行以启蒙发聩为己任者也总还是有的。"上海人民"所付出的代价，早为同业和广大读者所共见。至于湖南，"窝里斗"已经把八〇至八四年间辛苦创造的一点基础损伤殆尽。如今

已经滑到靠"人猿泰山"来保奖金的地步了，为了坚持出好
周作人、曾国藩的书和"凤凰丛书"，我简直成了众矢之的，
于"优化组合"中成了不受欢迎的人，自己也正好趁此交班，
退入书斋，从此只当一名编审，"关门还读（编、写）自家
书"矣，所以"自由"了很多，时间亦可完全由自己支配。
目前正在为上古编《曾国藩与弟书》，接着就准备为台湾锦
冠出版社编《周作人全集》。您如来长，请住到我家。我有
一套四室一厅的居室，上次上海文艺的顾承甫同志来长沙，
即住我家的。地址为：（编者按：地址、电话号码略）。我整
天都在家中（因病不能外出，亦不能坐汽车），只须先期告
知驾到时间，即当扫榻恭候。敬礼！

89.2.12
锺叔河上

六

亚廉同志：

　　广东省丰顺县政协（邮码514300）江村同志藏有李鸿章
致丁日昌函（抄件）一百余通。据云皆他处所未有者。尊编
李氏全集，不知对此有兴趣否？弟意不妨要人写信给他，请
他把各信年月日抄寄，以便查对。如果按全集所漏收者，即
宜设法补入。李集为研究中国现代化史所必备之重要文献，
故弟极盼其尽善尽美也。此事盼能简复数字，以便转告江君。

　　拙著听说曾生波折，吾兄及小静同志多方设法，始克保
全，不胜感谢。变幻风云，忧愁风雨，出版事业境况至此，

吾辈亦复何言。惟上海毕竟为现代出版文化命脉之所系，还望兄知其不可而为之，总要设法多出几本在历史上站得住的书，千万不要像湖南这样一败涂地才好。

巢峰同志无缘拜识，但八八年元旦《文汇读书周报》新年特刊上曾有过附骥之缘，请代为致意。拙著印制，亦乞其加以照顾，不要搞得太寒酸，以致反为北京中华所笑也。匆匆即请

编安

锺叔河

7.28（1989）

致冯学惠[①]　三通

一

学惠先生教正

　　别集不应重复，但"散文"是出版社一定要做"选集"本，故尔如此，祈谅之。

锺叔河奉

〇三、一〇、二七于长沙念楼

二

学惠先生：

　　寄上《芳草地》一本，系北京"民刊"，内有朱纯悼念小集，请收作纪念。其他文章，也颇可看看。专此

　　即请

夏安

锺叔河上

六、十四（2007）

　　附"新干班通讯"一本

---

① 冯学惠（1928—　），湖北麻城人，曾任军事医学科学院第五研究所流行病学研究室主任，研究员，全军预防医学中心顾问。

三

学惠先生：

　　乙未年仅仅出了这本小书，还是重印旧作，可见已哀朽无用矣，承蒙关心，敬谨寄奉，不堪尘览，只以代新春贺卡而已，即颂

禔福

锺叔河
于长沙城北之念楼（2015）

致沈昌文^① 八通^②

一

昌文先生：

《阴翳礼赞》是周作人激赏之书，亦非先生卓识不能出版之书，收到谢谢了。

我仍在弄《周作人散文分类全编》，十卷大约有六百多万字，希望能成为周氏文章的真正的全集。此外一切文字工作都已停止了。知注并告。

握手

锺叔河

11.9（1994）

二

昌文同志：

年前寄我《阴翳礼赞》，知彼此虽然都忙（其实应该说是都闲），关心固一如既往也。因为乏善可陈，遂亦疏于问讯，知不会罪我也。

---

① 沈昌文（1931—2021），上海人，出版家，曾任三联书店总经理，《读书》杂志原主编。
② 见于《师承集续编》，沈昌文编著，海豚出版社2016年版。

近来偶尔也帮别人编几本书，在这些书中，只有一本觉得可以送给你看看。专此呈政，即颂佳吉

秀玉同志不另

锺叔河

6.21 / 95

三

昌文兄：

一月二十八日手示奉到。在此以前，即从《北京青年报》上知道了您"退休"的事。此种境遇，我三年前即已身历（三年前是办离休手续，其实我八九年离开岳麓即已"退休"了）。故虽不免惋惜，却并不十分意外也。作为搞出版、搞文化事业的人，一息尚存，即不容稍"休"。在这方面，我对您有十足的信心。但今日到处人事纠纷复杂而又复杂，以书生而"负责"者，实在难得上上下下左左右右都讨好，则"退"而能"休"亦未尝不是塞翁失马。因为在这方面"退"了，在真正的文化出版工作（实际工作）方面反而更有可能"进"而多做，"进"而做得更好也。

在您的主持下，"三联"和"读书"的成绩，已成为中国进步历史道路上不可磨灭的纪程石。此非我的恭维，而为世之共识。相信后来之英也是会承认这个事实的。

我这几年来，用大量时间搜集整理周作人的集外文、未刊稿（其数量多于他的二十九种自编文集），编成了一部《周作人散文全集》。原拟在湖南文艺出版社出版，但因出版社

和周家一直未能对周家应得报酬达成协议，是以迟迟。因为这个原因，所以自己写文甚少。《读书》一直在对我实行赠阅，我却连短文都没有给《读书》写过一篇，这是不能不对您以及吴、赵诸同志深深表示歉疚的。

您的通讯处和电话我一直不知道，我的则见附呈名片。此信仍寄《读书》请吴、赵二君转交，想必可以收到吧。匆匆，即贺

春禧

锺叔河

2.2 / 1996

四

昌文兄：

收到《杨柳风》，既高兴，又惭愧。高兴的是，您作为老资格的出版里手，宝刀毕竟不老，这样的选题不是随便谁想得出来的。书后附文，尤见识力与经验，所谓大本领于细小处见知者非耶？

惭愧的是，从前年寄《阴翳礼赞》到这回寄《杨柳风》，说明您一直没有忘记我，而我却真的对不住老朋友。去年九月生病以后，诸事废弛，和所有友人就更疏远了。工作还在做一点，但那是一时做不完也拿不出来的事情，即自己计划的一本《十九世纪中国士大夫对西方的认识》是也。几年前便冒领了一笔社科研究基金（三万），数字虽小，在我们这个请客可以尽量豪华，研究必须尽量撙节的国度里，在历史

学这个冷门学科，给我这个非高校非科研单位的"公民"个人这笔钱，还属破天荒，不完成这个"任务"也不可能的，只能勉为其难搞定后再说吧。

您的退闲，我是极不以为然的。过去上海的张元济、台湾的王云五，如果六十岁就一刀切掉的话，又何来《四部丛刊》《万有文库》乎？但我自己也是八九年就事实上被迫回家了的人，生怕别人说我借别人的酒杯浇自己的块垒，再加上不时还会听到一句半句关于"人事关系"的风言风语，也就不敢发牢骚（为您发）了。现在"三联"和《读书》和我也渐渐隔膜，虽然《读书》还在给我寄。去年冬天为酬白看的欠情，寄了一篇小稿给《读书》（后来在《文汇读书报》①登了，就是舒芜在第三期上《伟大诗人不伟大的一面》所提到的），却以"在报纸上发表为宜"退稿了。想效点微劳却效不上，在我是不禁有些歉然的，但却没有什么办法好弥补了。收到《读书》真有愧领的感觉也。匆匆

祝佳吉

钟叔河

6.4 / 97

五

昌文同志：

谢谢你给我寄书。《纪念李慎之》作为一本集资自印"没

---

① 指《文汇读书周报》。

有户口"的书，在出版史上也会和在思想史上一样留下永恒
的位置的。

　　即祝

安好

锺叔河

7.8 晨

六

昌文同志：

　　看你寄来的书，看得夜里睡不着，觉得应该把长沙也是
"自费"印成的这本书寄把你。其实也只是想请你看看 P.403
起的——"锺叔河的四十八条"。这四十八条是我二十七岁
打成极右的材料，因为一个字一个字都是我自己写的，无可
辩驳也无可逃遁也。

　　这四十八条李锐同志早就看过的，你可以问问他的看法。
（P.402 上说的一位老领导便是李锐。）

　　关于李锐，我也写过一篇《老社长》发表在《书屋》上，
不知你看过没有？

锺叔河

七、八凌晨四时

七

昌文同志：

来信敬悉。

能"退居二线"就是好事。范大夫辞句践有云："君行令，臣行意。"当文化出版官只能遵行君令，个人的"意"志反而毫不能行，岂非更痛苦？

五月到京数日，曾赴朝内166敬谒，《读书》几位女士告以足下访美未归，怅怅而已。秀玉同志虽曾一面，亦匆匆未及多谈也。

我自离"岳麓"，即"臣行意"了。现在正在编六百万字十卷本的《周作人文类编》，希望年内能够竣事。

陈丰小姐的大著中文稿我可以看看，也许可以给她提点参考意见，请她和我联系好了。我先写信给她父亲似不便。你的地址、电话请告，我的名片上有地址、电话（电话十二月一日以后要加一位成为4446777—6811，为我家中）。

即请

秋安

钟叔河

10.10

以后来信请不必写别人代转，反致误事。

八

昌文兄：

　　《万象》陆灏一直寄给我了的，谢谢你也谢谢他。（最近收到了第六期，第五期却没有收到，此为从来没有的事，估计决非漏寄，而是中途遗失了。）遗憾者我只给写过两则小文耳。

　　如今社会上的自由度好像是大了些，但书报刊仍然抓得这么紧，真不知胡卢里卖什么药。

　　匆匆祝好！

锺叔河
6.19

　　董秀玉听说也退了，又听说三联如今要行新政，不知还遵循吾兄之遗规否耶？

致朱正^①　二十三通

一

企生我兄：

　　来新夏是南开的教授，又是出版社长、图书馆长，他想当"骆驼"^②的作者，特将来信转呈，请我兄卓裁。如能简单给他一个答复，尤为感激。

　　我现在家读周作人，感到自己书读得太少。西洋东洋文化固不通，即中国传统文化亦不通，真想写出有用的东西，恐还得读几年书不可。即《论语》、"老庄"亦并未真正读过，思之可悯也已。

　　匆匆即请

著安

叔河弟叩

8.23（1988）

---

① 朱正（1931—　），湖南长沙人，出版家，学者，湖南人民出版社编审。

② 指"骆驼丛书"。

二

企生我兄：

三月廿六日《北京青年报》上有推崇尊著文章一篇，特剪下寄呈，也不知你看到了没有。《文汇报》所刊大作特佳，你一定是收到了的，但还是顺便一起寄上，以后结集也许可以用上。匆此即候

佳吉

锺叔河

3.29（1995）

三

企生老兄：

惠赠给朱纯和我的书①，昨天收到了，先拜读了过去没有读过的如刊登在《散文与人》和《大公报》上的各篇，至于在《文汇读书周报》和《人民日报》《武汉晚报》上的文章，因为过去就在心里叫过好了，这次就先没重读。拜读的各篇文章，实可称为今之良史。"继承权实际上取决于实力地位""用无辜者的血来为有罪者清偿，是很可悲的事""谁都有权为恶，谁都无权为善，这大约是各种形式的专制体制的常规"……都是最精辟的史论，但同时又充分显示了你个人独有的风格，所以又实可称之为今之美文。而书的装帧版式，

---

① 指朱正的杂文集《留一点谜语给你猜》，上海远东出版社 1995 年 3 月版。信中引语均出自此书。

亦无愧于作者的文风和史实，此可为老友贺，亦当为今之文章贺者也。

另封寄奉小书三册，不足言报，因为都不是我自己写的书，是没有办法签字送给朋友的，不过是我所编的书中也许你的藏书中暂时没有复本的三种罢了。（如果已有复本，就随你送人吧。）说来惭愧，这两三年来我硬是写不出东西，说编书忙，不过是原因之一，更重要的原因便是自己已经变得更蠢、更迟钝了。这应该是老朋友也会感觉得到的吧。

卷首照片，丰采依然，形容却也和我这个六十五岁的人一样，毕竟跟写"一时时，一日日，一年年"①，写"小小悲欢宜放眼，区区恩怨莫萦怀"时候的企生比起来是显得有点老了。逝者如斯，知音难得，临风怀想，不尽依依。顺颂佳吉，并问柏龄同志好。

叔河

6.21/1995

四②

企生：

小文想早尘览，此 3 字盖了字之误，若明指三人，岂不得罪自诉悲苦和编纪实文学的人了么？

---

① 引自朱正狱中寄锺叔河《水调歌头》。
② 此信写于 1999 年 1 月 2 日的《文汇读书周报》上，该期刊开设《一九九八年：印象最深的一本书》，锺叔河推荐了朱正所著《1957 年的夏季：从百家争鸣到两家争鸣》。

叔河手上

（1999）

五

朱正兄：

《学其短》承关心甚感，在广西刊出时只是对译，而我究不甘心只做"古文今译"的工作（也译不好），现已积得二三百篇，有机会便在原有基础上搞"长"一点，以应约稿。近两月已陆续发表过十余篇，剪寄一则①，只供一笑耳。

章、梁文章要凑成一版才能发往广西，我已将原文抄下，原书容当先行奉还，恐须参考也。

朱纯已遵嘱将签字寄出②，她和我都很谢谢你的关心。报社那本书③，其实也可以自费印一下，都要推荐出去恐怕也很难。我只看过杨德嘉的一篇，听说有的人写得很长，那就按字数收工本费也可，省得"学其短"的人吃亏，再一笑。即请

双安

锺叔河

八、五（2001）

---

① 指锺叔河发表于《文汇报·笔会》2001 年 6 月 19 日的《郢人》。

② 朱正将朱纯为《1957：新湖南报人》所作《关于"同人报"》一文介绍给中国工人出版社的《记忆》丛刊第二辑（2002 年 1 月）发表，出版社要求朱纯在授权书上签名。

③ 即《1957：新湖南报人》，朱正主编，2002 年 4 月自印本。

六

正兄：

　　由朱晓交王朴带下的三本大著今天收到了。四十八条，相濡相挽，旧情深谊，固不能忘者也。书的质量极高，似已非"书话"所可范围；而装印亦工力悉敌。我过去也印过毛边本，该齐地脚的却齐到天头上去了，东施效颦，徒增颜汗耳。

　　朱纯患乳腺癌，且已扩散（每年体检纯属敷衍，此次还是"意外"发现，才去确诊的）。但手术做得还好，正在继续做放疗、化疗，但愿她能过得这一关。但癌症的帽子总是戴上了，只能争取延长存活期了。此事对我实出意外，平常她总自恃体健，我也以为她会比我"经事"一些，想不到却出了这样的事。但看到柏原、张式年他们手术后尚能存活，又觉得只能这样想。自欺乎？欺人乎？又怎能欺得了命运啊！

　　兄远在北地，当然帮不上忙（即在长沙也是帮不上的）。有这一番关念之情意，也就足够了。对京中友人，则请不必提及，因为都已年老，只宜听好消息，不宜听坏消息。兔死狐悲，物伤其类，虽然这只兔子还没有死，网罗却已经把它罩上了。

　　朱纯病是十月二十日发现的（自己一直无任何感觉，援此例，郑柏龄似乎也该找好医院查查乳房……），这一个多月来，我无一夜睡上四个小时，人也苍老憔悴了，但还得支撑着，不能增加朱纯的"压力"（她初拆线后就回家了，住院时我也得去医院）。自己明知急也无用，但急不急却不是自己所能作主的。老实说，这比五八年开除、七〇年判刑还"急"得多，那只是惶惑、愤怒，而这却是心痛。

文章现在是无法写了。《天窗》一本，样书是朱纯开刀的次日送到的，仍寄上一本。"小引"中恰好提到了朱纯，文无可观，这一点却可以请你留作一个小小的纪念。

《周作人散文全集》一十四卷，附索引一卷，是吾兄多次关心过的，后已由广西师大出版社接受，已发稿十卷，只剩下最后四卷和索引了。这是收下了定金的，不能不做。这倒不是写文章，纯粹事务性、技术性的，不做一点事，整天心里想着朱纯的病，反而更支持不住。此书亦须准备插图，如与"分类文编"全同，则无意思了，故拟多用书影。其早期译作《玉虫缘》《红星佚史》均出版于去日本留学之前，已从黄裳处拍照。还有同时期的两本书：《孤儿记》和《侠女奴》，据黄裳说，只唐弢有藏本，现已归京中"现代文学馆"，见所印之《唐弢书目》中，不知吾兄能托人为各拍一完整的封面照片否？即请
双安

叔河
十二月一日（2004）

七

朱正同志：

黎维新同志贺诗一首寄上请收（周实说米寿纪念集你在

编），红蓝笔是我"编"的，便中请告老社长一声。我不另写文章了，即以《老社长》充数。此文在"开卷文丛"中被删去最后一段，据董宁文说出版社怕提及李南央，真是可笑。但亦可见"海派"经济开放，思想其实还不如北南各处也。李南央十一月说来湘而未来，之后即未与我联系了。王杰成说，他受张孝雍托，拟将俞兄追悼会上的致辞挽联等（其实绝无可存者），编成一小册，顾汝已请你写文章，要我也写一篇。湖南大停电，空调不准开，柴油也没有买，泡沫经济开始露馅。因为停电，朱纯的书也延迟开印了，并告。即问近好

锺叔河上

十二月九日（2004）

八

企生我兄：

　　寄上抽印本一册，别人善意的吹捧不足道，自己署名的文字（有的可能你已在别处看到过，但大部分却是首发的），却愿意呈政，尤其是 P.15 两次提到了我兄的地方，正如你在"口述历史"时讲到了我一样，也是愿意让我知道的。

　　另一本请转黎体贤，她和朱纯一样是病人，当能谅我想让朱纯高兴高兴的心思也。

　　溽暑困人，盼自珍重。

　　张公我每周联系一次，治疗方针是保守疗法，不开刀，只放疗。开始几次尚无感觉，十次以后便出现食欲减退等症

状了，大概要做三十次。我兄托余老师所致问候，他甚为感谢。五十年代的小集团，大约排队都快近窗口了，言之伤感。但人生就是这么一回事吧。琼芝君^①后人状况想还好吧。握手。

叔河弟

八月一日（2005）

九

企生兄：

《重读鲁迅》拜领敬谢，你的"重读"，比别人的什么"批判""分析""再认识"深刻得多，盖真正善读者也。佩服佩服。朱晓编的第三期^②也收到了。《品鲁迅》则似不如《重读鲁迅》好，前人有一句诗"旧书重读更多疑"，过去曾想刻一方闲章就用这七个字，因无熟人能刻就作罢了。北国寒深，诸祈珍重。不赘。即请
著安

叔河弟顿首

十一、十八（2007）

---

① 即陈琼芝（1938—2005），湖南常德人，中国青年政治学院副教授，2005年因癌症去世。
② 指朱晓编的刊物《老派》。

十

企生我兄：

你在《领导者》杂志上的大作①已读过了。胡适那套书②看来确实有用，但我至今仍未开封，因为还得先腾空书架才能摆得开。

现在也给你寄上《财经》杂志一本，却只有别人写的我的几节谈话，有涉及到你的地方，故呈请一阅。

今天报上介绍"小姓"，如虢姓、剻姓等，着重谈的则是浣姓，又使我想起了浣官生，如今就是像他那样还能够谈谈的人也差不多没有了。

即候

著祺

叔河

十一、五（2013）

十一

朱正兄：

你的信寄到谌家，老谌就进医院了。家人过后才拆开，送到张公处，张公昨天来舍下，才给我看到了。

俞兄还未易箦，前段感冒发烧，势已危殆。于灌服中药

---

① 指朱正所作《胡适的苏联观》，载于《领导者》总第 51 期（2013 年 4 月 25 日出版）。

② 指黄山书社 1994 年出版的《胡适遗稿及秘藏书信》，共 42 册。

后居然又退了烧，但排尿一直插着管子，人一直躺在病床上坐不起，最苦的是痛不能言手又不能作字，无法与人交通。真生不如死。我近日亦未再去医院，因为看到他的苦境，不说如同身受罢，至少也是徒增伤感，只是打电话问问张孝雍罢了。因此想到，我们宁可得病就死，万万不可搞到失语全身瘫痪的程度，到那时求死不得就太苦了。

张公已将你的信带走，说回信时要看。俞兄在今春发病前有一长信给他，还是老风格，提到《新湖南报》"小四人帮"，以老杜比张，以李贺比我，说你"比李白略欠，比杜牧又高些"。而自比义山，整个的当然是夸大了，但说明心情还是高兴的。第一次小发病入院月余出院后（当时我在国外）又有一信致张，则已自知来日无多了。

其第一信还开玩笑，从张天师××代孙说他可活到二〇〇四年八月，便写道："那我们在二〇〇四年八月以前，还可偶然通信；二〇〇四年八月以后，就梦里相逢吧。"我读之不禁泪下。第二封信就说："看来我等不到二〇〇四年了，可能是张天师的孙鼓励我的吧。"及至第二次大发作，则全身瘫痪，不能成字矣。

我们十九岁相识相交，如今都七十多了。回首前尘，曷胜感慨。尚久骖死，使我想起前一段。俞润泉将死，又使我想起中间一段。如果还能再迟几年死去，这最后一段，恐亦无人可以助我回忆了矣。

郭嵩焘的三弟志城有一首自挽联：

忧人之所戚，乐人之所欣，毕竟鹊噪乌啼，有何干涉；

爱我者勿悲，嫉我者勿喜，同是电光石火，只此须臾。

下联头两句显得认真了些，但"同是电光石火，只此须臾"确是警句。

我已请张公将俞的信复印寄你，这大概也就是他的绝笔。

匆匆不尽，即问

佳吉

锺叔河

8.8

十二

企生兄：

十四日信悉，同时在信箱里还收到了一本《门外诗话》，送来的人却没有留下名字。书印制得还不坏，但我这本中被删去了《一九五七年的四十八条》，尤其难受的是《老社长》后部谈到李南央书的一大节也被砍掉，文气就断欠了。董君处如能加印足本，当然最好，只怕也难。但仍当寄奉一册，留个缺憾吧。

朱纯的小书，想已尘览。细六、细八①亦拟各赠一册，因有伯母遗容，可作他们小家庭的纪念。请你电话告细六来拿好吗？因为我处已无其电话号码了。

米寿集我想以《老社长》加入，请代问丁东是否可以？

① 系朱正的两个弟弟。

要不要复印一份寄他？又寄往何处呢？

俞兄荣哀录，张孝雍要春节后才回长沙，王杰成说要等她回来才着手，所以亦不必急。有《堇葵集》的先例在，想编得好恐也难。王、顾的意思，是要你我先写文章发表出来，他们再收入。但光两篇文字亦难成"录"啊。为了逝者，又不能不写，写了又要发表得出，此刻我也想不出什么好法子。即问

阖府安吉

锺叔河上

十二月十八日

十三

企生我兄：

黎维新君昨送来《三湘都市报》二份，写明"请叔河朱正同志一阅"，故阅后即行寄上。他曾想要我写篇文章（其时兄在北京），我因逝者生前有嘱辞之，故龚旭东"编者按"中如是说也。逝者已矣，如何可言。即候

安好

叔河顿首

二、六

十四

企生、柏龄兄嫂：

张公由我处出发往府上拜年，我因李羽立、胡紫桂等君刚打电话来说要来，所以无法和他同路来拜年了。只能在纸上一拜了。

即贺

禔福

锺叔河顿首

十五

企生兄：

昨有事电话问张公，接话的是张珂，云张公身体恶化，嘱预作挽联，即匆匆作了两句，亦不知是否得体。抄寄请示知，因知关锦注也。

小集团人俞已先逝，张公本比兄和我大了十岁，然诵《瘗旅文》"吾与尔犹彼也"句，亦不禁心中难过。

柏龄嫂腿伤已痊愈否？甚以为念。五十五年前荷花池派出所中共诵"王其爱玉体，俱享黄发期"，其实陈思王和白马王都远没有得享黄发期，兄和我总算是叨光的了。匆匆即请

著安

叔河顿首

四月十七日

　　哭送□□兄

　　泪在从前亦少流，不怕斗，不怕批，只怕朋友遭冤枉；

李长恭事曾一哭

　　笑到最后几多好，又有福，又有寿，还有儿孙请早安。

孙儿孙女俱有成

十六

企生我兄：

　　温州是请你去过的地方，这份小报很可能也会寄给你的。但我读到沈文冲所写文章，知道他能用心读你写的书和你编的书，钦佩之心洋溢字里行间，仍然很是高兴，怕万一你那里没有这份报，或者虽有报而你却没有注意到，故仍寄上请一过目。新干班、湖南报、出版局，能够有读书人关注的，大约也只有我兄和下走两个了。即请

夏安

叔河弟顿首

十一日晨

十七

企生：

　　诗是为你写的，本想改得好一点，但总改不好，还只能以原貌进呈。

　　你的书是真正可以存在下去的历史，我的低鸣小叫差得

远了。

本来想写两份分寄老社长和你的，但坏文字抄了一遍就汗颜了，就请你看后再寄北京吧。

我骨刺增生严重，不会死人，却也痛苦。匆匆，即请
双安

叔河
7.29

十八

企生我兄：

此刊写长沙一文曾来访问，寄来了几本，即以一套（二本）奉上，文字无足道，图片或可供消遣。

向继东处已和我订了合同，盖是从旧作中选出的几万字，仍以篇名作书名《二百一十六年后平反》，朱元璋杀了亲家李善长全家，留下自己的女（儿）和外孙，承诺"二百一十六年后准旨到京复爵禄"，暴君行事诚不可测也。

柏龄嫂玉体已恢复否？春节将届，即请
双安

叔河弟顿首
腊月初十

弟拟小年到深圳去过，正月初八日回长沙，并告。

十九

企生兄：

得杨德豫兄寄书（当然他也会寄你的），不知其电话，只能写信谢谢他。因为信中提到了你，复印一份呈览。信中所云"长友"，即杨译过的朗费罗（H.W.Longfellow，1807-1882）。其诗《人生颂》早在同治年间即曾由董恂（道光进士，曾任会典馆总裁、户部尚书，时任总理各国事务衙门大臣）译为七言古风，为最早译介入中国的美国诗人。董恂不通英文，当然只能是通过译人给他传译的。天气酷热，你还能看书写东西否？千祈珍重。匆匆，即请双安，特别问郑柏龄好。

叔河

7/13

二十

朱正兄：

承惠借章、梁文集共三册，已将拟入选短文抄录，原书已于八月二十九从小吴门邮局挂号邮寄奉还。兹将挂号收据另封寄上，如在一周内尚未收到寄件，可凭收据向投递员交涉。请其查明送达也（料想不至如此）。

出版局起新房用新人后，收发也大不如前，交寄邮件时有遗失，故特地到邮局寄出。谢谢借书，并致
敬礼

锺叔河

八月三十日

二十一

朱正同志：

拙作《念楼集》中收入了《一九五七年的夏季》，系托大名为我增光者，理应奉呈一册，请哂收。又奉上拙作序跋文一册。

《念楼学短》已在去年十月我赴美前夕印出，行色匆匆，当时未及寄奉，回来后已过半年，美术社给的书本不多，已为女儿女婿们瓜分完了。此事曾蒙高明指点，并赐示饮冰室妙文，虽然还没有来得及译述，但盛情可感，如今只能抱歉了（希望还能重印）。

回国前走旧金山过，李南央托带书稿，我答以不知现在住址，她说交周实就可以了，我也觉得这样更快一些，便照办了。

匆匆即请

著安

锺叔河

五月廿日

见到李锐同志时请代为问好，《老社长》一文收入另一本《念楼集》，曾问他要过一张照片作插图，此书收入"开卷文丛"，如今还没有出。请告。序跋文另一本乞送李锐同志，《念楼集》虽少，但他亦不可不送，故也请代交一本。

二十二

企生：

上旬有人去北京，他是住在复外^①二十四楼的人家的女婿，黎澍跌倒死时在旁扶助的，认得老社长，故托他顺便带了点茶叶给社长，社长回了一信，没讲什么，只说他在贵州过海的书^②快出来了。你这次去北京，见到他时，请告知我已收到了。

小书一本送呈，里面有两篇，已经把原来不妥处作了修改，请审政。这本书是我满六十岁的一个"结束"，以后大概不会再写"文章"了。编几本书算了。《知堂文集》正在进行，还算顺利，匆颂

全家好

叔河

11.30

二十三

企生我兄：

《知堂书话》一直是我兄关心的书，八六年在岳麓初版，当时即已奉呈。九七年的海南版，零四年的人大版，记得也都检奉了。如今岳麓又印了新版，这就是我的"最后定本"了（"最后定本"为黄遵宪《日本杂事诗》长沙刻本的跋语），

---

① 即复兴门外大街。
② 指李锐在贵州人民出版社出版的《毛泽东的早年和晚年》。

仍请曾德明君寄上一部，他当岳麓的总编已经好几年。这回
的《书话》就是他主持印制的，我觉得比前三版都要好一些，
此即是所谓后来居上吧。仍乞多加批评指正为盼。即候
著祺

叔河弟顿首

五、廿五（2021）

致叶淑穗①　五通

一

淑穗同志：

　　您二月二十六日给朱正同志的信，朱正同志已转给我了。《日记》他也已经和我商量，今后由我来办理。我和他是卅年老友，休戚与共的。

　　关于《日记》的抄写问题，我觉得只要抄得好，不错字，先抄后点是比较好一些。请您要那位老同志先抄一二页（日记）连同原复印件寄我一看，并告知京中抄稿费多少钱一万字。我在收到后三天内回信给您。（稿纸请用三百字一张的十六开稿纸。）

　　我们商量以后，再告舒芜同志。

　　附寄我社新书书目一小册，请指教。

　　盼复，即致

敬礼！

锺叔河上
87.3.6

---

① 叶淑穗（1931—　），广东番禺人，北京鲁迅博物馆研究馆员。

二

淑穗同志：

四月一日信收到了。

周书出版，现在臧克家在大写反对的文章，气氛颇为不利，不知会有转机否？

我本人对出"日记"，还是一如既往持积极态度，但也很需要理解和支持。

此书的付酬不可能高，此非"岳麓"吝啬，而是不得已，希望谅解。抄稿费我们的标准甚低（附上标准一份）。而且只有总酬千字三元以下者才付抄稿费。"日记"抄稿因要辨认手书字迹和断句，事实上包括了一部分"整理"的工作，当然有特殊性。我的意见是：我们先商定一个每千字 × 元的总付酬额（此间需行政方面同意，非我所管），抄稿费亦即在其中分付，由您去决定多少好了。

见此信后，请即将尊处意见赐告。

舒芜先生参加整理，是朱正同志定的，不知你们已送了几分之几到他那里去了？他已经动手校了多少？均乞赐告。

敬礼！

问王得后同志好！

锺叔河

4.9

三

淑穗同志：

五月二十五日信悉。

"日记"出版，一是要报经批准，未批准前并无把握；二是字数多印数少，赔钱会多。所以现在我还不能答应一定能接受出版，但愿争取。我已去信舒芜先生，请他暂停标点工作，因此，你们似可在适当时候将全稿收回。另外，请告知：（说我们通知你们出版与否尚待报请上级批准，故不能先动手做事，以免造成人力浪费。）

一、周丰一处还要不要付酬？（日记是周作人生前卖给博物馆的，是吗？按版权法应如何处理？）

二、贵处抄写整理费因你请外人做的，当然不能毫不付酬，但如果书能出版，能否在科研经费中开支一部分，以减轻书社的负担？

盼告，以便再作一次研究。匆此，即请

大安

锺叔河

5.25

四

淑穗同志：

关于"日记"，我去信舒芜先生，他回信说，他校注日记，是为了个人作研究，如出版社财政困难，他可以不要报酬。既然如此，我当然也不便建议鲁博去将日记稿子取回了。

至于你们那边的抄写费用，您过去信中说过也可以不计较, 最多付一至一点五元就行了。(朱正同志也是如此说的。)
后来又说"曾和有关同志商量, 同意按千字三元付酬"。这
"三元"当然是包括准备付给周丰一先生和舒芜先生的吧?
希望赶快回信明确一下。

　　岳麓书社有无力量接受"日记"出版, 正在研究之中,
内部意见并不一致。我个人是主张要出的, 但并不管"经营
管理", 碰到钱就没有发言权了。

　　十月的会, 我可以来参加, 那时也许约朱正同志同行。
匆致
敬礼!

锺叔河
6.10

五

淑穗同志:

　　您好!

　　公函已遵嘱写好寄出, 复印件和抄件请即寄下。寄前请
仔细清点一下, 不要脱漏了。此事我一定用心做好, 但现在
出版工作特别是岳麓书社所面临的形势, 您是深悉的。赔钱
不说, 还要挨骂, 也只能自宽自解, 相信这是于学术文化有
贡献的一件事罢了。今后盼多联系。
敬礼!

　　问得后同志好!

锺叔河
11.11

致鲁迅博物馆 一通 ①

鲁迅博物馆：

　　叶淑穗同志八七年十一月六日来信收到，对贵馆愿意提供《周作人日记》交我社出版，以应研究者需要的为学术研究服务的精神，深表钦佩。为特函达，请即将日记复印件（全部）和已有的抄件挂号寄下（宜寄鄢琨同志收）。俟日记印本出版后，我社可按万字10元的标准略致薄酬。专此，即致
敬礼！

岳麓书社总编室

1987 年 11 月 11 日

---

① 此信藏于叶淑穗处。

致王得后 ^① 一通

得后同志：

你好！

周作人日记，我是很想快些出版的，但因叶淑穗同志回京后不久，周丰一即来信说须等他和鲁博完全达成谅解后再说，是以推迟。而到去年九月，我即离开岳麓书社的工作岗位了。

岳麓本是家古籍出版社，出周作人，完全是我个人的主张。现在我虽已离开岳麓，但我还是编辑界和出版界的人，还是在编书、出书。如你们信得过我，请即用鲁博的名义来一委托函，委托我全权处理鲁博购藏的周氏日记的编辑出版事宜。无论在何家出版社出版，条件均按八八年夏天协议草案。我一定努力进行，争取不负所约。岳麓新班子如愿出（我已离岳麓，如无委托，我即无法过问此事），当然仍由他们出；如他们怕赔钱不愿出，我也愿运用我在湖南和全国出版界的影响，努力再找一家愿意出版的出版社，并亲自动手把它编好出版。如何请酌。即致敬礼！

问淑穗同志好

锺叔河

1.15

---

① 王得后（1934— ），湖北汉口人，北京鲁迅博物馆研究馆员。

致萧湘 [①]　五通

一

老萧：

你写的《铜官窑出土的六十首唐诗》（初稿），我对这些诗很感兴趣，全都看过一遍。对你所作的浅释文字，有意见和有看法之处，都写在打印文本上，供你修改时参考。

另外，我义务替你作校对，改正错别字甚多，多了看起来不舒服，以后要注意。原件退回。

问好。

钟叔河

2000 年 5 月 24 日

二

老萧：

你写的《船山学社纪事》打印本，二十篇，十多万字，恐怕我一时看不过来，打算看一篇退给你一篇，并要保姆小谢送到省政协门口传达室你的信箱里。你隔天去取一次，这样可免得你到念楼来拿取。我还有别的事要做，见谅。问好。

---

① 萧湘（1934— ），湖南湘潭人，曾任长沙市文物工作队队长。

锺叔河

2013 年 6 月 20 日

三

老萧：

　　你写的《五樟斋存书简记》共三卷，我都看过了，用毛笔小楷书写，是用心之作，我的意见写于另纸上，供参考。问好。

锺叔河

2018 年 4 月 20 日

　　一、书名能副其实，不必改动了。

　　二、字亦甚好，但笔误总是难免的。故以打（排）印为宜。打印本可校改。文章固无须改，错字则决不能有也。

　　三、写扬之水处很是认同。但"他自己的题诗"句中"红叶题诗"四字建议删去。

　　四、"西汉的金印玉印玛璃印"句中"玛璃"疑为"玛瑙"之误。

　　五、卷二部分陶瓷考古我无发言权。

　　六、个人认为卷三部分最有价值，最好设法公开发表。

四

萧湘同志：

　　铜官窑诗又挑得一首，写了两张，一并送请过目。前后三张亦不知能有一张勉强可用否也。明日新正，先此拜年了。

锺叔河顿首

朱纯同叩

五

萧兄：

　　朱纯今天收到了每周送一次来的都市报①，得见朱健为吾兄大作写的文章，写得有声有色，足可为大作添声势。谨将报纸寄上，并致祝贺。即问

近好

锺叔河

六月廿八日

---

① 指《三湘都市报》。

致王春瑜 ① 二通

一

春瑜先生：

　　托朱正同志带下的大著收到了，得知身笔两健，十分高兴，谨此道谢，并贺

春禧

锺叔河
1.24

　　今年我已结束周书编辑，也许可以开始写点小文了。

二

春瑜先生：

　　大著于今日收到，谢谢。大札则已于一周前奉读矣。

　　您的文章，才识俱佳，十分佩服。承蒙不弃，今后如有所作，极愿附骥也。拙作《书前书后》一册敬呈，乞哂收并指教为幸。

　　耑此，即候

著祺

锺叔河上
八月九日

---

① 王春瑜（1937— ），江苏建湖人，生于苏州，学者，中国社会科学院历史所研究员。

致陈四益① 一通

四益先生：

　　朱正先生带到了惠赐的大作，甚感不遗在远。谨寄上新出小书一本。其实亦是旧作，盖作于八十年代初，即先生到图书馆来采访我的时候也。

　　即请著安。

锺叔河顿首
五月二十九日（2016）

---

① 陈四益（1939— ），上海嘉定人，高级编辑，《瞭望》周刊原副总编辑。

致傅凝^①　一通

傅凝：

　　企生是朱正的外号。你的大作《梁漱溟·王实味·储安平》是他交给我的，我最先读的是他为你写的序言。洣江茶场是朱正判刑劳改过三年的地方（我则判了十年，坐牢九年才平反），"当委员"（民进中央常委）也是他的事。

　　对于你，我一直有知己之感。你在《光明日报》时来信约稿，坐牢时背诵我的文章，都很使我感动。但我从来不敢和名人尤其是名女人主动联系，一直没有给你写过信，这《一首长歌慰企生》（编者按：略）也没给朱正之外的人包括你看过。

　　我和朱正都是一九三一年的人，明年八十岁矣，来日已无多，唯愿一是把自己署名的出版物尽可能重印一下，改掉已经发现的错处，以免贻笑；二是将自己写的东西呈献给自己心中的第一读者，免得白费那点心血，故写此信也。

　　《张东荪》拜读一过，十分佩服，但也从中发现了几处错误。如 P.359 和 P.463 的"诗一首"和"一诗"，其实都是两首七绝，中应隔行；P.362 的"诗话长卷"，"话"当作"画"；P.469"蘗沟还绕汉宫墙"，"蘗"当作"御"；P.460 的"军中刀鬥应长鸣"，"刀鬥"应作"刁斗"；P.469 的"亦良堪发谑也"，"谑"当作"噱"；还有一处，将张澜的字

---

① 傅凝（1941— ），北京作家。

"表方"错成了"标芳",重印时均盼能改正。

我有一本《小西门集》,全是抒情散文,只因为有一篇《错就错在要思想》(开除我时反右负责人的原话),附录了《一九五七年的四十八条》,四个出版社都在审读时否决了,都说只要我同意抽掉这四十八条,即可付印。我的答复是:文章可以改,历史不能改。都拒绝了,小事一桩,可供一笑也。

我不会电脑,亡妻最后十年全活在电脑上,还逼迫我学会它,"不想再跟你当秘书了"。如今两台电脑空置在她的书房里,更不能也不想再去搬弄了,故此信拖延至今才能寄奉,专此即问近好。

锺叔河

2010.9.14

附寄《笼中鸟集》一册,《小西门集》本是和它配对的,却只能缺席了。

致刘梦溪① 一通②

梦溪先生：

赐寄刊物第二期及退稿均已收到，谢谢。

寄奉拙编《曾国藩与弟书》，盖是《教子书》的姊妹篇，书前小序，略明拙编本意。乞高明指教为幸。

专此即颂

编祺

锺叔河

2.22

---

① 刘梦溪（1941— ），原籍山东，生于辽宁。中国艺术研究院终身研究员。
② 石正浩提供。

致顾国华① 四十通

一

国华先生：

　　在《新民晚报》上读到叶先生②对您的介绍后，只觉得难得；今天收到您寄下的"杂忆"③六、七、十卷和有关材料，粗粗翻阅，即不禁深深感动。您所蒐辑编述的江南文事很有价值，像您这样的有心人（光有心还不行，还须有识有才）也只有近世文化中心的江南地方才会有。我所在湖南这个地方（沈从文所谓"边城"，近则成为小众"暴发户"学深广的"开发区"矣）是断断不会有的。我一九三一年出生，痴长先生十一岁，已经离休，又是脑出血病后遗症患者，很少接触现在的"文坛"。但文事的有无价值，自问还分得清楚，故于先生的劳作和付出的心力，不能不深为感动也。"杂忆"三卷当与二三好友共读，读后当谨敬奉还，以便先生能再寄给像我这样的慕名来求者。我在湖南出版界工作过十多年（一九七九年"平反""改正"后，开始到出版系统，一九九二年离休），刘柯同志是认得的。他（编者按：

----

① 顾国华（1942—2021），浙江平湖人，《文坛杂忆》主编。
② 指叶瑜荪。
③ 指《文坛杂忆》。

有省略）被免职，不肯低头，宁可受过，这一点我很赞许他，但恐怕还没有向他索借珍本的情分，因此也就不准备去找他了。（我过去是岳麓书社的总编辑，与刘君同事，但未发展起认同的友谊。我于一九八八年以落选离开书社，刘君任过一年多副总编辑，即［编者按：有省略］去职，甚为可惜，对他也太不公道。）当然我现在在出版行业中也还有几个朋友，不过如今懂得一点近世文事的人多已离退。执事者不能不适应潮流一切朝钱看，如无把握，亦不敢对您说协助出版的大话也。匆此道谢，另封寄奉拙作《书前书后》一册，聊表寸心。瑜荪先生统此未另。即候

文祺

钟叔河

5.22 / 97

我的地址等请看名片，您写得不对。

二

国华先生：

大札及《围棋纪事诗》样稿收到了。于逝者遗稿如此关心，具见古道热肠，曷深敬佩。

目前出版者为利所驱，极少能于冷门遗佚中注意到有文化价值的事物，少数有眼光者亦难于"逆潮流"而动，此甚可悲者也。愚于手谈一道毫无知识，不敢妄评前人著作，但从先生的态度亦可揣想诗稿的价值。唯病退已久，早已不干预湖南出版工作，此事只能于有机会时向枉顾之外地出版界

朋友一提及之，希望甚渺茫也。知关锦注，谨此裁答，即请
文安

锺叔河上

8.22 / 97

三

国华先生：

来信收到了。大编终于能够正式出版，极为忻幸。《书窗》发表的大作，有两个字出版社失校，另有两处愚意还可斟酌，冒昧地在寄件上用红笔标出，谨敬寄还，也许还来得及先生裁夺。

《围棋纪事诗》只要有机会，我会遵命推荐的，但不可必有结果，因为自己无法"行其意"也，想可见谅。

能挣点钱也是好事，亦不必只是为了出书，其实如今即使有了钱，想出的书亦未必能出也，但有钱总比无钱好，不必俯仰求人，即遵功令也还是可以出点书的。

崇此，即请
秋安

锺叔河

10.8 / 97

四

顾先生：

近日拙体又不争气，但不是脑出血，而是感冒引起炎症，颇困顿。写字之事，容为缓缓，恐挂念先此奉闻。

祝

安好

锺叔河

98.4.11

五

国华先生：

您对文人文事的看法，我很佩服。中国文人的奴仆性盖是一种根性，普遍缺乏自由独立的精神，无论新旧左右，都有一种追随欲。此事说来话长了。

书不如期出版，即是违约。一开头便如此，以后恐尚多波折，但愿余言不中才好。

龚君我在成都见过，是有热情有追求的人，在目前出版界亦可谓凤毛麟角了（上海书店恐尚无其人），虽然我们后来没有保持联系。（我因疏懒极少通信。）

您辑的资料，当然不是则则都好，有的老先生亦不免有世态习见的种种毛病，还有些东西并非亲见亲闻，甚至还有摭拾广泛流传过的一些东西（如小凤仙挽联，大家早耳熟能详，而又别无新说）。我所看重者盖在您的拾遗补阙的眼光和精神，虽十籽一米亦当珍惜也。出版社如果以掘藏视之，以为可以大捞一笔，恐日后彼此都将失望也说不定也。（但愿该社不是在报上看了叶君[①]的报道来"掘藏"的就好，否则亦是"追风"而已。）

体弱不能多写，您事忙，亦不必急于写信也。匆祝大吉。

锺叔河
5.9 / 98

六

国华先生：

能"独善其身"，即堪自慰矣。出书波折，亦可见"泡沫文化"危害之一端；有价值之书出不了，即出书人借出书以争个人名利有以致之也，可叹。

长沙酷暑，不能作一事，但贱体粗安，请勿挂念。匆匆即请
暑安

锺叔河
98.7.2

七

国华先生：

惠函迟至今日始复，歉甚乞谅。

---

① 指叶瑜荪。

解放前有一本书，是共产党人出的，书名叫《方生未死之间》。我看今天又到了方生未死之间，社会上种种黑暗，我年老少交流，固不如先生所知之多，但也了解得不少。不过未死的总得死，方生的还在生，即以出版而言，先生所寄出的韦君宜、何清涟的书，以及先生的大编，也是文化思想不绝如缕的例子也。

我是老了，先生还年富力强，望善自珍重。浙东乃人文之乡，不比少人多石的楚南。望风怀想，不尽欲言。即颂

起居安适

锺叔河

三月七日（2000）

八

顾国华先生：

书、信都收到了。帮陈、夏①夫妇找到屈某人的资料，这样的事，别人是不会愿意做也做不到的。旧诗词集，长沙也有人自己印了不少，可读可存者不多，但毕竟有资料价值。从这件事情上，看得出你是个真正的有心人，真堪佩服。我于陈、夏二位没有了解，随此信奉上的拙作序跋，封二所列十二人中也有陈君，关系仅此而已，但愿您寄去的资料能得其所也。

离家七月，积牍两个月还没处理完，但您的信却是不能

① 指陈平原、夏晓虹。

不立即作复的，但也只能匆匆写此。即颂
佳吉

锺叔河

七月八日（2003）

刘柯和我没有联系（在我离开岳麓以后未见过面）。

九

国华先生：

承赐寄"杂忆"二册收到为谢。近日事忙，更兼老病
（今年已七十九岁了），与友朋联系均已荒疏。但得书后仍先
捧读了先生所作"后记"两篇，对王钟琴老人，真可谓生死
见交情者矣，曷胜敬佩。先此奉复，即请
著安

锺叔河

己丑清明节时正风雨凄凄，甚萧瑟也（2009）

十

国华先生：

接奉来示，觉得您对我过誉，对己则过谦了。《文坛杂
忆》已经奠定了它在恢复文化记忆（伟大的"存亡继绝"事
业的一部分）上的历史地位，可以不朽。当然随着人事的代
谢，人和记忆的价值都在递减，出满三十期后告一结束，也
是明智的决定。您能将您所设想的四件事情做好，也就功德

圆满了。谈人生感悟，成书自然比"杂忆"更难，因为有思想者究竟比有经历者还要少，即比有文采、能四言八句者也更少也。在我熟悉的长沙人中，实无一合格的，实在值不得向您介绍也。即问安好

叔河 六、一（2012）

十一

《文坛杂忆》廿九卷两册、《畹芬楼吟草》一册收到，谢谢，萧君一册已着人送去矣。征文一事匆匆以二十一字奉教，请哂正为感，即请秋安。许君前亦乞致意也。此上国华先生

癸巳立秋后二日叔河顿首（2013）

十二

国华先生：

《文坛杂忆》大功告成，名山有幸。今日检点所藏，第十三卷以下皆完整，以上则只有卷六、卷七和卷十，尚缺七卷，甚感遗憾也。前此寄赠之复本，均已遵嘱分贻友人，仍检得卷十、卷十四、卷十九各一册，谨敬奉还，也许可供和我同样有遗珠之恨的人的需要吧。

　　耑此即颂

文祺

锺叔河顿首
七月十四日甲午年长沙（2014）

十三

国华先生：

收到了寄下的全编六辑三十卷，大功告成，可喜可贺。河于先生大业，并无丝毫裹助，一直愧蒙寄赠，感何可言。端节将临，特发此快信，希望在节日送到。向您拜个节吧。即颂

佳吉

许君统此

锺叔河

乙未五月初三（2015）

十四

顾国华先生：

来示敬悉，先生重然诺、乐助人的德行令我感惭。《文坛杂忆》我确定还欠二、四、五、八等四卷，甚望能够成全。但全帙收回不易，我来日无多，身后未必能妥善保存，如果有收藏条件更好的地方需要，先生也可以移赠给他们，我仍感同身受也。

邹农耕君我也认识，其博物馆建成前，长沙友人曾邀往一观（朱纯去世后助我排遣），并为其题写"管城侯"三字（还建议将流沙河写的"中书府"改为"中书君"，因为这样一左一右才对得上）。对他的印象，我也同先生差不多。遗憾的是我毛笔字实在写不好，因此很少写字，因此亦无敝笔

可赠，今后如能找得，定遵尊嘱。

中国名物，各地俗称歧异，"塘鳢鱼"在湖南即无此称，不知是不是这里叫鮊鱼的。至于"虎头鲨"，我也只在汪成法的文章里看到过（汪曾祺的文章看得少），不知是何物也。

匆复即颂

春祺

锺叔河

3.5 / 2016

十五

国华先生：

书二册收到，甚感不遗在远。先生精诚所至，真可谓终底于成，可喜亦可贺也。春节将至，敬祝阖府安吉，新春提福。河今年已八十又七，既老且病，诸事废弛，与友朋联系亦力不从心了，草草乞鉴原也。专此道谢，不尽欲言。

锺叔河顿首

腊月廿四（2017）

十六

国华先生：

尊编二十卷两本收到了，十分感谢。上海书店中断出版，深为叹恨，但愿江浙还有继续者。但一入出版社，即不能无删削，从保存文献看，又不如这二十卷之有价值了。内子印

《悲欣小集》用去六千元，如改用次点的纸，不用畸形开本，五千元亦可做到。听说江浙各地小印刷厂工价比湖南还低，不知是否如此。

专此道谢，即请

文安

锺叔河上

一月卅一日

敝处已改为"营盘东路三十八号"，其余未改。

十七

国华先生：

一月二十八日示悉。

家已搬了，但清理图书资料，比搬家更为繁琐，仍在忙乱中。

尊编得名宿重视，乃是当然，书能得"免费广告"，对广大读者亦有益之事也。为之高兴。

敝处已改为（编者按：地址略），知注特告，并请

春安

锺叔河

2.11

十八

国华先生：

您要我写的字已草草写了寄上。纸是从友人处弄来一张，因无笔墨，只好以小孩用自来水笔充数，见笑了。即颂
文祺

锺叔河拜叩

四月廿七日

十九

国华先生：

"不合时宜"，先生所云，我亦是也。有小书一本，因南京书衣坊主人热心为装帧，遂委托其在下江谋出版，前后交给三家出版社，都因为有一篇谈五七年的，附录了我当时的"右派言论四十八条"，便都说要修改。五七年的话，印成了白纸黑字的，如何改得。我说：如果改了，说的都是歌功颂德的话，我就不会当右派，而会当书记了。如今书稿还压在华东师大出版社里，只得由它，岂非"不合时宜"之故欤。

"不合时宜"，即是不趋时，不迎合。我看这恐怕是文化学术思想道德还能不绝如缕的原因吧。所以"不合时宜的人"也不必愤惋了。

我并没有什么新的制作，只在将积年所作的《念楼学短》汇编为五个分册，又想将历年所作小文选出百十篇来成二三本，尚未竣事（上海所截留者即其一）。知注并陈，即请

秋安

锺叔河

十月十六日

二十

国华先生：

尊编二十六卷两本敬谨收到了，一本读后珍藏，另一本将转送适宜的人士，俾益多友，请放心。出版三、四、五编也是极好的事，祝一切顺遂。兹寄奉近出小书一本，请哂收。还有一册《小西门集》，因谈到了反右，上海市委审读小组不准付印，因此无法奉呈了。匆复即祝

身笔两健

锺叔河

四月十三日

二十一

国华先生：

惊悉令尊不幸辞世，虽人生之必然，究骨肉之大痛。谨致吊唁。

昆曲作为文化的化石，能得到保护，当然是大好事。如今"文化干部"的无文化，则是大病的症状之一，见多也就不足怪了。

知其不可而为之，是仁人、智者、勇士之行，尊驾有焉。

即致

祝福，不必复信也。

锺叔河

1.16

二十二

国华先生：

　　另封寄奉小书一本，借酬赠书雅意，封中已有一信。

　　至于尊编出版之事，我当然乐观其成，但上海书店已出过两本，别家恐不愿意接手（这是据我猜想）。弘一题本《护生画集》，亦同此理，能鉴赏出水平高下的人实在是不多的。我自从被撤职后，于湖南出版事久已不闻不问，退休以后更是如此。刘柯在我当总编辑时曾被提充助理，我下台后即未曾见过一面，彼此都不复知情矣。但他总还在编辑岗位上，你找他是不错的。

　　我出过几本书，都是自己的文字，都是外省出版社来约稿的（在湖南美术社也出过一本《念楼学短》）。样书本少，又是我在国外时寄来的，等我回来所剩无几了，只序跋文还可寄上一本供一笑也。

　　万一有外地出版者来找我问及出版资料，我会推荐你所提到的稿件的，但可遇而不可求也。再上，即候

暑祺

锺叔河

七月八日

　　对鲁迅的评价十分赞同，但不知陈、夏二位能同意否也？木村英雄是研究周作人的，他编现代汉诗的总集则前所未知。日本人写汉诗，现代可以说没有一个人做得像诗的。又及

二十三

国华先生：

　　收到十八卷二册，其实寄一册即受惠多矣。

　　知令尊及令岳母仙逝，谨致悼唁。人生皆有大去之时，二位老人能有如先生这样的子婿，也不虚此生了。

　　从《笑我贩书》上知尊编影响愈久愈大，所谓识货的毕竟在人间也。即请
春安

锺叔河
4.5

二十四

国华先生：

　　寄件收到了。

　　周老之事，可为太息。愚意似可找懂昆曲的老先生为之向搞戏曲的地方呼吁，也许行家的话易得入耳一些。

　　海外大款无缘相识，即海内大款亦无一识者也。虽然我对他们倒无特别反感，不像对大官也。

专此即请

近安

锺叔河

十六日

二十五

国华先生：

尊编十四、十五两期各二册收到了，这两期的内容精彩更迈越前编，可喜可贺。对周的评价，恐怕还不仅仅是一个愚忠的问题，根本上还应从国民性的深处求之，此时还不是讨论的时候也。尊编当择人而赠，争取能有寸木片骹之助，可惜湖南可以忆旧的人本来就少，尚待慎重求之。匆此即颂

著祺！

锺叔河上

三月廿二日

二十六

国华先生：

寄件拜收。书法我全不懂，只看看自己喜欢的文人的字，可能是因文而及字吧。当然惠寄的老先生们的诗（即文也）都写得好，亦慨乎言之，但"滔滔者天下皆是也，而谁以易之"耶。

长沙也有些"书家"，却无人能写出这样的诗，只"积

极"地在写毛主席诗词罢了。

　　酷热，长沙卑湿之地，更为难受。草草不尽，即祝佳胜。

锺叔河

十二日

二十七

国华先生：

　　收到笺注两种，二南先生和您的苦心孤诣，令人感动，当谨敬珍藏。可惜我不懂戏曲，不懂音乐，不然也许应该为两位写点什么，志此文化因缘，看来只能心感了。叶君[①] 和我把刊出《念楼的竹刻》的《开卷》和《寻根》都寄出了，承关心，甚谢也。天寒，请多保重。

锺叔河

十二月十六日

二十八

国华先生：

　　刚刚封好寄请指正的拙作，随后翻阅新收到的卷十七，发现数处笔误，遵嘱开列如下：

　　P.24 前页倒三行振笔病书　疾

　　P.26 后页第五行取势中源　原（？）

　　P.30 前页第六行被欧打　殴

---

① 指叶瑜荪。

P.33 后页第七行乡试得秀才，五入秋闱应举　叙述似有误，请查科举考试常识书

P.42 后页第五行赵欣柏　伯

P.49 前页倒四行赵之谦字伪叔　扐

　　　倒一行

P.82 后页第五行关健　键

　　　第五行一往既如　一如既往（？）

寄上的拙作，失校处亦多，除卷末勘误表列出的以外，如有发现，亦请先生不吝指教，感激不尽。即请
春安

锺叔河
初四日

二十九

国华先生：

接奉大编后，竟未及时回信，实在对不起。亦系近日琐事太忙之故，乞谅。史鹏先生听说到外省亲戚家去住些时去了。令弟不幸罹疾，亦是不幸。此病愈后或好或坏，甚至有失语全瘫的，端视发病后处理及时得当与否，我是过来人，故知其详。人生大难，只有学裴令公的"时至则行"罢了。匆此即颂
佳吉

锺叔河
六月八日

照片书法甚可赏鉴，"布衣精神"实至名归。尤堪佩服。

三十

国华先生：

接大札知尊编铅印本即将出版，至为忻幸，先生拾遗辑佚之功，从此可更加广远流传，亦当代文坛盛事也。

春节已到，谨此恭贺

春来多福

锺叔河

2.14

三十一

国华先生：

寄书收到为谢。

湖南谬称"文化大省"，其实在湘军出省"打开了南京"之前，一直处于中原和江南文化的边缘。因而在上者一直继承了暴发户的心态，在下者则大多数习惯于迎合吹捧，投机趋时，极少数或流于愤激，而于细致高雅的流风遗韵也同样是缺乏了解的。

我于昆曲亦一窍不通，至今没有看过一台戏（京戏中过去有夹杂演出昆剧折子戏的，但京戏我亦很少看）。只少小时在父亲书房中看过《桃花扇》《燕子笺》《牡丹亭》《西厢记》等文本，也不知道昆曲是不是就是照这些文本演唱的，张岱、李斗等人文章中也看不明白也。故寄来这两本书是明珠暗投了，想移赠亦难得解人，在长沙这块贾生"寿不得久长"的地方！

周瑞深、陈宗枢这样的人，他们并非以戏曲为业，而是出于兴趣而接近、而喜好、而深入钻研、而一生投入直至死而后已的昆曲知己。从古至今，一切艺术恐怕都是靠这样的"知己"（知音、知心）传承并发扬成长的。无奈他们生不逢时，幸得先生为之记述留存，这实在是一件很有意义的工作，我虽一窍不通，亦不能不为之感激不已也。专此即候

著祺

辛卯冬月初五于长沙

锺叔河上

三十二

国华先生：

收到了《文坛杂忆》所缺四本，求全的私衷终于圆满，先生之信义亦更昭然，谨致谢忱，必将善以处之也。即颂

春祉

锺叔河顿首

三月十一日

三十三

国华先生：

　　胡邦彦先生文集三本收到拜谢。萧湘君一本当送去，另一本拟分赠湖南省志办李羽立君，亦文史学者，我的同学也。尊编二十三期迄未收到，因为收到赠书必复信致谢，是我多年习惯，从来没有破过例的。得信后又查了一遍，顶上面的一本还是二十二期（还有且冈诗词）。这是十分遗憾的一件事。专此即颂
文祺

锺叔河顿首
六、十二

三十四

国华先生：

　　"杂忆"两本收到为谢，一本当珍重藏收，另一本则当在老友中传阅，其有材料可"杂忆"者，亦当促其执笔为文，共襄盛举。近日整理书物（已五年未理，床下都堆满了书），颇觉疲劳，匆匆道谢，草草乞谅。即请
著安并问
士中① 君好

锺叔河
四月廿九日

---

① 指许士中。

三十五

国华先生：

　　读来信，对杨绛先生的看法，深得我心。胡兰成的文章的确好，其对女人的态度，也只是旧式士大夫的一种习惯，至少跟他的女人都是自愿的，这比利用权势、地位、名声玩女人的还要胜一筹吧。李敖乃恬不知耻的自我吹嘘的小丑，其学识并不足道，文章也俗劣，只有×××才会去捧这种货色。洪丕模则我毫无所知，既没看过他的书，也没闻过他的名，盖僻处内地，于海上时流俱极不了解也。先生自谦人微言轻，其实早就知名海内了，不然我也不会有幸结交的。因老妻患病，近来家事颇烦，草草不恭。即请
文安

锺叔河

十一、十八

三十六

国华先生：

　　前承寄赠《且冈诗词》并嘱写读后（感），愚于此道完全"外行"，不敢佛头着秽，遂以别本转赠敝友王天石君，今得王君寄来书后一纸，谨敬寄呈。请阅正。老妻癌症转移，甚为狼狈，诸事废弛，乞多谅原是幸。即请
文安

锺叔河顿首

二、二八

本日为台湾民众起义纪念日，所反者国民党，而今之国民党，又成为"统战对象"矣，思之慨然。

三十七

顾国华先生：

十七卷《杂忆》两本收到为谢。本期的另一本拟代送湖南省志办编审李羽立，此君与我为四九年同学，今年也八十岁了，通古文辞，可算识者。以前有的未免明珠暗投，思之可惜，亦自愧也。生死问题大得很，但想请年长于我者先谈，以资启发，最好各抒所见，据实相告，则人言人殊，才有意思，不必都倚老卖老，尤其不必故作达观。当然更不宜于讲"老夫喜作黄昏颂，满目青山夕照明"之类的套话大话空话也。遵嘱报告，即请

著安

锺叔河顿首

二月廿六日

过二三月可能有拙作一二种奉呈，知注并告。

我家电话未改，只在前头加了一个"8"字，全市升级，无一例外也。

三十八

国华先生：

信和资料均已拜读。先生三十年的坚持终于得到了恰如其份的评价，这说明读书人的精神力量毕竟是强大的，终究是不能够不予承认的，文化传承能不绝如缕正由于此。我比先生差得太远，因为总还在出版界，总还能得到一些助力。所以，今后请勿再高看我了，只增惭愧，心更不安也。今年我已痴长八十六岁，黄公度最后做的一首诗中，末了几句有云：

> 日去不可追，河清究难俟。
> 倘见德化成，愿缓须臾死。

我的心情也和他差不多了。但愿先生"收摊扫尾"的工作能妥善完成，贵体吉祥康健。新年瞬届，即颂
年绥

锺叔河顿首
十二、廿八

书一本附呈，因为是别人编的，故不便题名请正，祈恕之。

三十九

国华先生：

您读陈寅恪传的感想是真切的，一切有良知又有定识的

人，亦当同感，不过"吟罢低眉无写处"而已。

像您这样，能够坚持自己的"所愿"，扎扎实实做一些时代的实录，而能设法传布，俾得保存，垂之久远，要算是非常难得，也非常幸运的了。

如今的"文化界"，值得看和值得谈的，确实很少。为之生气，亦似可不必，还是留得精神做点"所愿"的实事为最好。发表困难，亦不必求发表也（我一年难得写一二篇小文，有的勉强应友人之约而作，即便是谈鬼画蛇，也总要隐晦曲折地表达些微自己思想，不然即宁可不作也）。

中国文人遗传病就在于，对于统治者习惯于服从，对于同是被统治的文人却专好批而评之，遑论陈寅恪、吴宓，更遑论知堂、观堂、雪堂了。其实吠影吠声，不管叫得如何厉害，总归还是走狗一条罢了。草草即请
文安

锺叔河
9.9

四十

国华先生：

陈君对尊编的评论，前此已在《新民晚报》上看到，觉得是公允的，绝非出乎交情的捧场，而文字亦复平实无华，算得上是一篇好的书评了。

斥李敖为文丑，也很确切，观其自吹自擂，实在肉麻得很。我对这类自我感觉太好的人与文不屑一顾，更多的刻画

因此也做不出了。

　　近日去国十二年的女婿回家，家里不免忙乱一些。匆此敬复，即请

春安

锺叔河
4.29

　　亚李敖、仿李敖者大陆似亦不少，此亦新的成家成名速成法之一也。

致张建智 ①　六通

一

建智君：

　　我从未练过书法，如今手边只有一枝"自来水毛笔"，名为毛笔，实不见毛，乃是日本人搞的一种"新材料"，全长不到一厘米，写出来怎能叫"字"呢？但感于你关心拙作，曾彦修先生又是我尊重的前辈，董秀玉女士亦是友好的同行，不得不勉为其难，实在对不起寄来的宣纸。

　　湖南亦为产茶之地，当然产品远不及惠赐的好茶。你寄来的茶太好，我写的字太劣，我看朋友可以长交，此二者就都止于此，下不为例了，好吗？

　　你的作品，题材都很不平凡，可见都是自具手眼，不蹈前人足迹的，此最为难得，值得佩服，容当从容拜读。

　　湖州我只路过，嘉业堂、皕宋楼心向往之而已。但人生遗憾本来多，有朋友在水一方，也就行了。即候
文祺

锺叔河
5.18/2013

---

① 张建智（1947— ），浙江湖州人，传记作家，《问红》杂志执行主编。

二

建智君：

读红三首，系"文革"狱中旧作，去今四十年矣。遵嘱用毛笔和硬笔各写了一张，我看用硬笔写的可能还稍好点，我本就写不得毛笔字也。

选刊拙文，完全可以由你决定。

陈梦家的诗，我这里也有，想请你复印的是我给题的"一朵野花开又落，风狂风怒只由天"的全貌。因为题过之后自己便忘记了，经你提起，又想还是留下一个"底本"还好。匆此即颂

文祺

锺叔河

十二、十日（2015）

（因查发函存底，发现了复曾彦修寄《平生六记》信一纸，复印寄请留纪念，或亦可发表也。）

附：

痛哭[①]花魂与鸟魂，风刀霜剑杀春温。
石兄一把辛酸泪，不[②]为区区儿女情。

---

① 此系硬笔之作，另有毛笔件，此处作"哭尽"。
② 毛笔此处作"岂"。

人间自是有情痴，地老天荒几①首诗。
欲报伤心无泪答，眼枯肠断已多时。

女娲无②术补长③天，自刳肝肠忏绮年。
了却身前身后事，秦淮旧梦总成烟。

　　四十年前"文革"狱中作忆红三首，应张建智君嘱抄寄湖州《问红》杂志，时乙未大雪后三日也。念楼④

三

张建智先生：

　　谢寄书并问讯，足见关心，张欣能和爸爸合作写书，更令我惊喜。"书中有几幅插图是她画的"，是不是王短腿和醉金刚这几幅？

　　退休老者，天天都是假期，故我对"长假"素无感觉，不像中秋、重阳之类，有时还可能引起一点回忆或联想。

　　今年我还没出什么新书，只有一本题记由萧跃华编述，在董宁文处制印，和朱正、邵燕祥、姜德明一人一小本，但愿别都安上个清一色的书名，则出版后当及时奉呈，以博一笑。

　　《问红》我还缺一本一五年秋季号（总第四期），希望能

---

① 毛笔此处作"一"。
② 毛笔此处作"乏"。
③ 毛笔此处作"情"。
④ 毛笔此处题"旧作读红楼梦三首锺叔河乙未大雪"。

予补齐。专此即问贤乔梓好！

锺叔河

十月八日（2016）

旧称父子为乔梓，今亦可以称父女吧？一笑。

四

建智先生：

《问红》一期今天收到了。

十月十八日的信复印奉上，其中写到了的这次就不再重复了。

我极少出门，更少旅行。章开沅先生知名已久，惜无缘一面。资中筠先生则在她来湘时曾赐步敝处，并陪她吃过一餐饭。两先生均为我敬重的学人，便中请代致问候。

我给你写的"一朵野花开又落，风狂风怒只由天"，盼能复印一份寄我，我想留存。

要选旧文的话，或可选《小西门集》P.155的《读文章——看〈西青散记〉》，但请先仔细审读看看值不值得选。

匆匆即颂

文祺

锺叔河顿首

十一月二十日（2017）

五

建智先生：

惠寄好茶与陀罗尼经，周实君已及时送到，甚感厚情。文物复制还了，意义重大，先生之功伟矣。范笑我君热心文事，将拙作书名刻成闲章，又将印拓制成藏书票，更见巧思。可惜的是，书票他做了一百张，我这里的书却只剩下两本了，即寄奉一本，不足云报，聊示微意耳。《问红》办得很好，选刊拙文，不必付酬，能够附骥即是我的光荣了也。即请

著安

锺叔河顿首
一八、四、廿二

六

建智先生：

谢谢寄来新书和好茶，谨奉上夏春锦君为编印的书信集 ① 一部请收。我写给先生的信，如果能够复印一份寄下，则可以编入续集，留一纪念也。请酌。

即颂

佳吉

锺叔河顿首
四月十日（2020）

---

① 指《锺叔河书信初集》。

致叶瑜荪 ① 四通

一

瑜荪先生：

祝新年快乐，新居安适，一切如意。

愚于九月患病入院，现仍为家庭病床病人，一切废弛，草草乞谅。

锺叔河

12.21（1996）

二

瑜荪先生：

敬问起居安好。二日来函敬悉，已告王、夏二君分别奉复。岳麓书社确在准备重印拙著《走向世界》《儿童杂事诗笺释》各种，或将命名"念楼文丛""念楼十种"……但不会称全集，因只重印已有的著作也。书信集出于夏君建议，不在岳麓计划之内，但我亦乐观其成，因为：①确有先生这样不弃菲薄的朋友；②范用《存牍辑览》、沈昌文《师承集》等已发表了一些；③自己写回忆录也需要看看。知关锦注，

---

① 叶瑜荪（1948— ），浙江桐乡人，竹刻家，桐乡市政协原副主席。

特此奉闻，并对我率尔打电话相扰表示歉意，乞谅。

　专此即颂

文祺

　　　　　　　　　　　　　　　　锺叔河顿首

　　　　　　　　　　　　一八年十二月九日于长沙

三

瑜荪先生：

　喜得好书，得以纵观佳作，赏心悦目，快何如之。知堂手迹三帧，藉妙手形神宛在。四十年的交情，留此见证，感谢感谢。今寄上拙著《念楼学短》一部，此书初版于〇二年，去岁交北京后浪公司发行后，已印行九次，印数近十万矣，尚希多予指正为幸。因书不宜拆封，附上此柬，草草乞谅。

即颂

佳吉

　　　　　　　　　　　　　　　　锺叔河顿首

　　　　　　　　　庚子三月初三日于念楼（2020）

四

瑜荪先生：

　谢谢你愿意与我同享读回文诗的愉悦。我念中学时，从书中见到茶壶盖上的五个字"可以清心也"，无论从哪个字念起，都是品茶的五言句，也觉得十分有趣，真可谓人同此心了。

　　这类文字游戏，只有汉字能作，既可娱人，又可训练作文技巧，值得提倡。介绍的范围，亦不必限于回文诗的一式一体。我也曾在小文中说到过宝塔诗、嵌名联，但浅陋无法相提并论耳。

　　法书三纸，甚是稀妙，似即可用作文章或书稿的插图。此事似可与周音莹女史言之，渠是解人，或能助其实现乎？

　　专此敬复，即颂

文祺

锺叔河顿首
十一月廿九日（2020）

致罗丹^①　一通^②

罗丹：

　　你好！

　　你编的书很有意思，你自己写的两篇文章则更好。女作家写得清丽还不太难，但要洗净（尽）铅华（借用一句旧话，意思就是不装扮）尽显本色则不易。有的女人故意写得很潇洒或很"大胆"，以为这就是本色了，其实不过更显其作态而已。（千万莫作态。）

　　我写不好文章，不过我多少看得出一点文章的好坏，对你讲的并不是假恭维。

　　顾汶和我在劳改队呆过，他曾在电话中提到你，大概你们也是知青朋友吧？还有个现在发了财的女的叫彭小平，也是今年五十岁的老知青，你认识吧？

　　匆匆问

好

锺叔河

12.3/98

---

① 罗丹（1948—2006），曾任湖南文艺出版社编辑。
② 石正浩提供。

致董国和^① 四通

一

国和先生：

你要我签名寄书，当然是看得起我，这是应该感谢的。但《天窗》出版已久，样书留赠读者的早已赠完，近年又未再出新作（重印和编辑的书，出版社给样书少，我也习惯不以赠人的），无法应命，请鉴谅。其他情况已详上次信中，兹不赘。即请
春安

锺叔河

2.19/06

二

国和先生：

读《开卷》五期大作，过誉愧不敢当。《念楼序跋》是我的自选集之一。原来所出的集子颇为杂乱，也有重复，名为自选，实为淘汰并予厘清，将写书的文字都收在这本里头了。"改题"大半还是为了名实相符，所以把"差距""过头话"之类看起来和书不沾边的题目都改掉了。当然，自己的

---

① 董国和（1948— ），河北唐山人，自由撰稿人。

文字缺乏自信，自己看起来总觉得不妥帖，忍不住总想要改得"好"一点。这才是这样做的根本原因，结果却总是难得改好，甚至越改越不好了也是可能的吧。但先生的好意我总是感激的，就把它当作对我的鼓励吧。

寄上《小西门集》一本，这也是我的自选集之一，内容则是写自己和写别人，归总一句是写人的。其实三年前就该出版的，因为江苏有位好心的朋友愿为装帧设计，自告奋勇拿去代为印行，却碰上"领导"（也不知是什么部门）看着《一九五七年的四十八条》不顺眼，一定要删改，换了好几个出版社，在南京、上海两地呆了两年多时间，终于还是出不成，结果只得拿回湖南来才印成了。这其实也是一个生动曲折的故事，写出来会是篇好文章的也。

专此即颂

文祺

锺叔河

7.13/2011

三

国和先生：

尊文已由徐君寄来，奉读一过，甚感青及，但揄扬过甚，则愧多于感矣。张中老 ① 所奖称的"书呆子"，其实也把我看得太好了。此老逝世倏忽已经三载，思之怆然。寄奉小书一册，聊供一哂。即请

---

① 指张中行。

文安

锺叔河顿首

六月廿一日

四

国和先生：

　　手示、大作和《毒草集》均收到了，谢谢你的关心和情谊。但过誉是不敢当的，故仍应说我是愧多于感也。

　　《毒草集》中"数学家欧阳维诚"，后来也到了湖南教育出版社工作，也许我会把此集示之。并告

　　即祝

秋安

锺叔河

8/4

　　附寄《开卷》一本，不知是否已尘览也。

致向继东^① 四通

一

继东兄：

　　今已收到了《谈鬼（三）》的样报，又寄上"小抄"四则请收。

　　《李慎之文集》何处可求，企予望之。（纪念集倒是又收到了一部，是第二次印的，亦不知何人所寄。）

　　即请

编安

锺叔河

8.9（2003）

　　除"死不放手"外，其余三则都是陆放翁的。又及。

二

继东同志：

　　推荐一篇文章给你，作者是上海人，和我未曾见过面。此文他写成后从未发表过，我以为是够发表水平的，又不会

---

① 向继东（1953—　），湖南溆浦人，主任编辑，现任广东人民出版社人文出版总策划。

犯忌讳，实在是一篇好文章。

　　此上即候

编祺

锺叔河

4.2（2004）

三

继东兄：

　　周绍良赠聂绀弩二诗，颇可一阅。寄上请收。

　　即问

近好

锺叔河

五、四（2009）

四

向继东同志：

　　承赐给稿费五十元，因将贱名误写成"淑河"，无法取得，已过期矣（前后去取过几次，都有好几张，别的都取得了。）谨敬退还，请收。

敬礼

锺叔河

11.6（2009）

　　（过了期的，钱会退回报社的。）

致谭宗远 ① 一通

宗远先生：

　　前蒙惠赐好纸，今天才开始用它写字，觉得第一张应该写给您审政，寄奉请哂收。

　　我的字劣，并不能书，家中也不蓄笔砚，只能如此涂抹，贻笑大方，但愿能留一纪念耳。即颂

文祺

锺叔河顿首

三月廿一日

---

① 谭宗远（1952—　），北京人，副研究馆员，《芳草地》杂志执行主编。

致邓球柏 ① 　二通 ②

一

球柏同志:

手书奉到，过分客气，使我惶恐，以后千万不必如此。

您帮忙审读的"朱"稿，意见提得很中肯，我们已将其中要点抄出复印寄给作者看了。复印件寄上一份，请收。审稿略有薄酬，已请刘柯同志寄奉，请哂收。

您乐意参加古籍校点工作，极表欢迎，容当与有关同志商量后奉告。匆致

敬礼!

锺叔河

11.6

二

球柏同志:

你好!

我确已"下台"，此固我的本怀，今年三月十日至十一

---

① 邓球柏（1953— ），长沙学院教授、原副院长。
② 见于网络。

日《人民日报》答记者问即已明白公布过的。只是岳麓房子尚未建成，自己住上了新四室一厅，而同志们还在住旧屋，未免耿耿耳。

王宗昱信寄还。你如愿意，可以自己再找人民社或岳麓社的有关的人试试。辜鸿铭是值得研究的文化现象，当然也还得有解人，才足以语此。

我已开始集中精力做自己的事，未必有成，但总算在赋遂初了，所以心情比原来好多了。

匆匆。祝

双安

锺叔河

88.8.23

致聂乐和 ①　一通

乐和同志：

　　得知你对朱纯的《悲欣小集》惠予帮助，深为感谢。此书系朱纯见到江苏为我出的"序跋"集后忽发奇想，要照样印一本，才冒失决定印的，所以两本的开本版式都相同，不过为了保存劫后残留的几张旧照片，给家人和朋友们看看罢了。今各检奉一册，不足供一笑，聊作纪念耳。新年已到，春节亦临。即此恭贺

新禧

锺叔河

十二月三十日

---

① 聂乐和（1953— ），曾任湖南教育出版社副社长、《书屋》主编。

致李传新① 一通

李传新先生：

　　每年都收到你寄的贺卡，深感厚情。又得读胡荣茂先生的大作《书外杂写》，此书既展现了胡先生的识见和文采，亦可见他和黄成勇和你的文友的情谊，的确是值得珍重的，非常谢谢。今寄上《浣官生文存》两本，你和胡君各一本，聊充报琼。专此即候

文祺并请向

胡先生问好。

　　　　　　　　　　　　　　　　　　　锺叔河

　　　　　　　　　　　　　　　　三月七日（2011）

---

① 李传新（1953— ），湖北十堰人，曾供职于十堰市新华书店，业余从事十七年文学研究。

致自牧 ① 十通

一

自牧先生：

大著及尊编均已奉到，十分感谢。我是一名退休编辑，实在算不得文坛中人，但对于能文且热心文事如先生者，仍充满敬意也。

杨栋先生去年亦曾惠寄大著，亦同样感谢也。

匆匆，即请

著安

锺叔河

10.10（2000）

二

自牧先生：

《日记报》改成书册形式，我以为是很好的。于晓明君曾以三十二期寄我，今又收到你寄下的三十三期，十分感谢。但称我为"大儒"，则去事实太远，我连中学都没有读完就"参加工作"了，虽然编过几年书，写过一些文字，学问却

---

① 自牧（1956—　），本名邓基平，山东淄博人，作家，《日记杂志》主编。

是谈不到的。在"湘江之边"现在也许确实有大儒，我却不是的。但对你和晓明君的工作，我却一直很赞赏。毛笔字我不能写，几十年没提过毛笔了。只能奉上小书一册，聊以报琼。即请

文安

锺叔河
6.8（2003）

三

自牧先生：

您好！

我在"民国"只生活过十七又三分之二年，未用功习字，从不敢擅入"书法"之堂，故为张先生大集题字一事只能方命，敬乞鉴谅。但先生多次寄书，又曾枉过，隆情厚谊，如何敢忘，叫我写几个字看看，则亦不敢不从命。请即将其视为此信之另一页，看后和此信一同处理，便很好了。

即颂

著祺

锺叔河顿首
九、一八（2004）

四

自牧先生：

信收到了，作了一篇小文呈上，如可作为"代序"，即以此交卷。至于参加《半月日影》的事，因为我不写日记，就无法附骥了，请谅。

春节已届，恭贺

新禧

钟叔河

1.26（2005）

五

自牧先生：

拙序清样遵嘱校改寄上请收。

孙方之君《西铺》一书，饶有文史价值，谢谢寄示，并请谢谢孙君。

齐鲁文物之邦，地灵人杰，神往久矣。但因老妻病重，无法离家，拜访只能留俟异日争取了。

照片一帧奉请留念，即请

著安

钟叔河

3.3（2005）

六

自牧先生：

《日记报》新卷收到。本卷新刊旧文，极有见地。盖前人腹丰而笔俭，文约言深，此点甚值得我学习，故不厌百回读也。十堰聚会，将同仁同期日记汇印成增刊，也是很有意思的，希望早日成书，广我眼界。家有病人，匆匆致谢。

　　即候

著祺

明祥、晓明诸君统此问好。

锺叔河

乙酉夏日于长沙（2005）

七

自牧先生：

《日记杂志》专号收到为谢。印装极有特色，作者又多是友人，容当好好拜读。

　　谨寄奉新版"笺释"①一册，聊充报琼，请哂收。

　　即请

文安

徐明祥、于晓明先生均此。

锺叔河

---

① 指《儿童杂事诗笺释》，周作人作诗、丰子恺插图、锺叔河笺释，岳麓书社2005年2月版。

11.2（2006）

八

自牧先生：

淄博胜会，前此即蒙先生与徐君盛情相邀，愚亦甚愿能有机会与稷下诸君子快晤畅谈，并小游齐地，怎奈近日身体不适，无法长途旅行，只得"临场规避"了，歉甚，乞谅。专此奉达，并祝

笔会成功

锺叔河

10.12（2008）

九

自牧先生：

又得惠寄《日记杂志》五十二卷，甚感厚情，谨寄奉小书一本，聊以报琼，只愧不能相称耳。

历下诸贤辱蒙关爱，惜衰年老朽，无法远游，缘悭一面，怅何如之，相见时尚乞一一代为问候。

专此即候

文祺并颂

年吉

锺叔河顿首

辛卯年冬月廿三（2011）

十

自牧先生：

很是感谢您长期给我寄书寄刊，亦未必每次都能申函致谢，但一直总是在心里记念着的。

这次又收到了《小三助堂五记》，一时还来不及细读，但编订者萧文立先生我却是知道的，八十年代后期也曾和他有过一些联系（那时他在大连电视台？）能为潜心读书埋头著作者编书出书，亦属难能可贵之事，便中请代我向他致敬。

寄上拙作序跋集一本，请多教正。

即请

著安

钟叔河顿首

壬辰仲春（2012）

致俞晓群[①]　一通

晓群先生：

此书蒙青及，介绍给"后浪"，现印数已逾十七万册，特奉上一册，请多批评指正。北风其凉，千祈保重。

锺叔河顿首

己亥立冬于长沙（2019）

---

① 俞晓群（1956—　），辽宁丹东人，曾任辽宁教育出版社社长、海豚出版社社长。

致祝兆平 ① 一通

祝兆平君：

　　拙作蒙青及甚感。"文汇雅集"头回见到，感觉不错。苏州毕竟是人文荟萃之区，才能有本地文人这样一块"自己的园地"。

　　湖南也有人办了个小刊，兹寄奉一本，用酬雅意。即请
夏安

锺叔河

7.25

---

① 祝兆平（1956— ），江苏苏州人，曾任苏州广播电视报社副社长、总编辑。

致王稼句 ① 七通

一

稼句先生：

迭得惠赠好书，非常高兴。我素喜江南诸友之文，尤其是您的，觉得用司空表圣"犹之惠风，荏苒在衣"形容正好。读园考工，更有意思，正如知堂集中以《草木虫鱼》《石板路》等篇为白眉也。"小集"李怀宇君曾寄与一册，又得惠赠，当以前者转赠王平君，亦是解人，能读载道以外的文字者也。

时疫高潮似已过去，吾辈实叨"能集中力量办大事"之福，唯愿今后能少逢"小事化大"之凶险，就万幸矣。

恶札奉呈，只堪一哂耳。

即颂

文祺

钟叔河

庚子三月初一日（2020）

---

① 王稼句（1958— ），江苏苏州人，作家，学者。

二

稼句先生：

今天收到了《送米图卷子》^①和《西山雕花楼》二种，先生弘扬乡邦文化的精神和工力，一直是我所敬佩的，而今尤甚矣。

"送米图"本是赵国忠君拾得，先生慧眼识珠，才得以天下闻知的。我十年前从大文中得知，又得惠助从赵君处借到，也印过一版。但那版未由我经手，实在印得不像样子，心常耿耿。苏州图书馆将馆藏印行，公诸天下，实在是一件好事，董宁文君亦曾将标价二百多元的影印本惠赠与我。又得此本，则"卷子"的版本俱已收齐，至为感谢。

湖南美术出版社去年决定出我重新校订的本子，仍借用赵国忠藏本，拆开来重新扫描。现在已经在郑州开印了。成书后当即寄奉先生和董君，以为纪念。

《小西门集》在下江始终通不过"审读小组"的文网，在朱赢椿、王欲祥手里前后压了三年，终于不得不由我拿回来在长沙印成了。兹检奉一册，如有闲暇，请先审阅 P.137—P.146 的两篇。《一九五七年的四十八条》，便是沪、苏各出版社视为洪水猛兽者也。

匆请

夏安

锺叔河顿首

6.16/2011

---

① 即《林屋山民送米图卷子》。

三

稼句先生：

从您开头给我寄书时起（至少二十多年了罢），您寄下的书总给了我惊喜。至今一本不落都存放在架上。虽未必每本都从头看到了末尾，但只要翻看便会心生喜欢也。拙编"周作人作品"二十种一箱寄奉，因包装不便拆开，未能签名，至为歉疚。附寄书票二枚请收，即请

著安

钟叔河顿首

八月十一日

　　吴门风土竟丛刊，地下俞王带笑看。

　　我爱姑苏王稼句，全倾肝胆写铅丹。

　　己亥夏喜得赠书作此相寄，写罢始觉王字重出，已无法改。乞恕耄荒，不罪不罪。

八十八岁钟叔河顿首（2019）

拙笺前已呈政，兹又附奉港版一册，请多指正为幸。

四

稼句先生：

《天窗》因样书叫出版者换封面，故尔迟寄，请谅。

《林屋……》① 印本不满意，才想重印，如能达成，则感激不尽。但如困难，亦不敢强求也。（苏州洞庭山地方如有眼光，印几千本供应旅游者，也是很有趣味，而且迟早可以卖完的。）

即颂

春祺

锺叔河

1.19

此书装帧完全是学您的，请看 P.135《展卷之乐》。又及

五

稼句先生：

"图集"② 煌煌巨制，乐见的图像萃于一部，展视极为称心惬意，多谢多谢！

《念楼集》一册寄上请收，有的篇目因与自制《偶然集》相重，盖不得已，因为那本书我是不想要的了。至于董宁文兄处的《偶然集》，则与此集毫无重复。其仍用"偶然"为名，亦即摒弃旧集之意也。

"走向世界丛书"寒斋只留下了一部精装本，岳麓书社更早就无书了（正在策划重印，亦不知何时可以出书）。但我于八十年代出书时，曾给四个女儿各分了一套平装本，大女儿早已去美定居，其中文书籍大部分留在原来一处房子里

---

① 指《林屋山民送米图卷子》。

② 指《三百六十行图集》，王稼句编纂，古吴轩出版社 2009 年 1 月版。

面，我想里面也许还有这套书，容当于暇日前往清理（不能让别人去）。如能检得，当举以相赠。

芦薪女士处请催一下，因为我至今还未收到书。

《序跋集》不致积压否？念念，甚望能有重印改错的机会。敬礼！

锺叔河
5.30

六

稼句先生：

拙作承青及甚感，唯浙江所出散文，重印样书迄未收到，现特将湖南新出的拙集一册寄呈请教。此书原装封面不好，是我自己换装的，只装了自己留下送人的几十本，（请看前后勒口上的说明），所以从"版本"上讲倒还有点意思。苏州的报、刊早已闻名，却无缘见到，承约撰稿，容后再应命，因为需要找到和苏州有关的题目也。专此

　即请

年安

锺叔河
12.27

七

稼句先生：

《五亩园志》^①收到为谢。此书我不仅未曾见过，而且闻所未闻，很是喜欢。方今之世，能够发现此种地方风土文献，加以整理，谋划出版，舍先生恐难得再有别人矣。

十年前我编订《林屋山民送米图卷子》，亦全出于先生之喤引，但初版录入及版式未曾经我看过，疏误不少，心常耿耿。这一回总算又校订重印了一个新的本子，自觉稍微妥帖了一点。特检奉一册，请多多教正。

"苏州市纪委"所印者，释文全抄我的旧本，却不予以说明，于全盘承袭旧本疏误之外，又增加了排印的错误。原文全依"彩华印刷局"印本，割裂颠倒了卷子的次序，尤为不妥。今后如有可能，希望能适当地作点说明才好。

春节已到，即祝
健康快乐

锺叔河
1 月 11 日

---

① 指《五亩园小志题咏合刻（外两种）》，王稼句点校，山东画报出版社 2011年版。

致赵龙江 ① 六通

一

赵龙江先生：

　　谢谢您的来信和寄示珍贵资料。我建议您写一则文章加以介绍，这是会有人关心的。我远非专家，不过夤缘时会，编印过几册知堂文集，盖尽人可作之事，值不得提起也。

　　随信寄奉小书一册，聊表敬意。即颂

文祺

锺叔河上

九月二日（1998）

　　如先生愿意，可作一小文，亦不必多引背景材料，只略讲知堂父、祖的文事，重点则为得书经过，此则无妨详写，附以知堂手迹及书影（封面、首页）的照片（照黑白片，似比复印件更宜制版），寄我转到《文汇读书周报》或《书屋》发表。又及

---

① 赵龙江（1958—　），北京人，曾服务于航天系统，业余从事现代文学研究。

二

赵先生：

　　大作拜读，很是喜欢，拟代寄《文汇读书周报》或《深圳特区报·读书》，但恐未存底稿，万一寄失则损失太大了，故特将其寄回。希望能打印一下，文字可能再简炼一点则更好，再寄给我。又伯宜公手迹，您上次寄的复印件黑白分明些，不知是否可再寄一张，照片模糊，又是彩色，是不大好制版的。大稿我改了几个字，又删去四个字，亦乞过目，如不同意，亦不必改也。匆此即颂

著祺

锺叔河

10.17（1998）

三

赵先生：

　　前信云尊作拟寄《文汇读书周报》或"深圳·读书"[1]，前者即刘绪源君处，当时不知先生已与之联系，故未称名也。今接十六日函，具知本末，则尊作即可径寄给他，不必由我代转矣。照片一份随函附去请收，稿子亦似可不必再打印了。匆此即候

著祺

锺叔河

---

[1]　即《深圳特区报》"读书"版。

10.19（1998）

四

赵龙江先生：

　　在收到十月十二日寄信后曾复一函，请将尊稿径寄刘绪源君，并将照片一份同时送回，想已收到。今敬将印稿及伯宜手迹一并寄回。稿上略有改动，不敬祈恕罪。又旁打红线一段，我以为是大家都知道的事情，似可删去。又《仙坛》《碧落》二首，从题目看可能是扶乩的记录，虽属无聊，也是过去士人文化生活的一个侧面，且为"遗物"的实质内容，似亦不宜一点不作介绍。此乃陋见，未必正确，请卓裁。寄稿给刘君时乞代致意，我就不再给他写信了。匆祝
著安

锺叔河
10.30（1998）

（复印件不勾边更好一些）

五

赵龙江先生：

　　苦雨斋照片收到，谢谢。

　　丰一[①]先生去世后，芙蓉里即少通音问，不知先生还了

---

① 即周丰一（1912—1997），原名周丰丸，周作人长子。

解那里的情形否？张菼芳 ① 先生的身体还好吗？

　　我在年底以前要搬家，近日极忙，草草致谢，请谅

问好

锺叔河

11.17/99

六

龙江先生：

　　谢谢您对亡妻和我本人的关心，这是十分珍贵的友情和

人情。

　　《开卷》新的尚未见到，知注并告。即请

文安

锺叔河

三月十二日（2007）

---

① 张菼芳，周作人儿媳，周丰一妻。

致杨向群 [①] 七十通

一

小杨：

近来我偶尔写点小文章，在"文汇扩大版·随笔"版上已发表过五六篇，还有发表在《人民政协报》（北京）和《文汇读书周报》上的。《随笔》版还为我开了个专栏，名叫"走向世界以后"，（还是我们的"走向世界"！）现在我正在读宋人笔记，也许还会写点这方面的小文，如果太犯时讳，那就无法刊出，只好放在一边再说。

你的情绪似一直没有振作起来，没有进入角色。我不明白为什么会这样。也许是和我共事的那几年"害"了你，害得你把眼界搞高了，心思搞大了，而在具体动手、实际做事这方面又没有给你多少辅导，以致你的"想法"和"做法"脱节，也就是理想和现实脱节了。是不是如此？

理想主义的气质是害人的，因为今天的中国容不得这种气质，一切东西都太"现实"了。对于女性，尤其如此。孙虹是否已结婚或者出国？其实出国并不能解决自己的精神危机，如果自己不能生活的话。我最近在中国商业出版社出了本《知堂谈吃》，在序文中说：

---

① 杨向群（1959—　），湖南郴州人，广东教育出版社编审。

（其实）重要的并不在吃，而在于谈吃亦即对于现实生活的那种气质和风度。（例如周作人）有此种气质和风度，则在无论怎样枯燥、匮乏以至窒息的境遇中，也可以生活，可吃，可弄吃，亦可谈吃，而且可以吃得或谈得津津有味也。

这篇序文，报上介绍书时也引了几句。这里说的是"吃"和"谈吃"，其实"做学问"和"谈学问"亦可作如是观。有理想主义气质不是值得幸运的，但既有此种气质则不能不努力寻一个寄托，至少创造一个容得自己安心的小环境，才能不被枯燥、匮乏以至窒息的现实所压倒。这个寄托顶好便是读书，读得多了，真有所感，便可以进而写点文章了。写文章亦不必急于求发表，"聊以自娱"可以，"藏之名山，传之其人"也可以，重要的是自己安心，有一个寄托。万不可以眼高手低，一天到晚埋怨这埋怨那，人生本来就短促，如在嗟怨中度过一生，则殊不值得也。

我也不知道广州能不能找到可读的书，如能利用图书馆，则抓一个自己喜欢的题目，在这个题目的范围内，一本一本的读下去，半年之后便可尝到甜头，一年以后便可渐入佳境。我少年时荒唐、爱玩，划右以后（二十七岁）始折节读书，这乃是自己的切身体会，非骗人的话。那时我读书，完全是为了排遣自己的苦闷，寻一个寄托，完全没有想到有什么"实用价值"。今天你的情况，总比我那时和朱纯带着四个孩子每天拖板车、糊纸盒要"好"得多吧。

"周作人儿童诗笺释"① 因是套印，又是特型开本，要下半年才能印成，印成后大批样书还得过一些时才能寄到，可能要到放寒假了。我现在在看宋人笔记，外面的活动照例不参加，因为费时费力不合算。最近全国准备给一万名知识分子加薪（特种津贴），湘大有三个名额，出版系统有两个，局里把我也算上一个。但我已三年没上班"做工作"，估计到上头去是会刷掉的。

附告。问好。小宋好。

朱纯附笔问好，欢迎回湘时来做客。

钟叔河

6.2（1991）

样书没有了，以后再设法补寄。

二

小杨：

小易已把你送我的月饼及时送到了，长沙物价腾贵，但出钱也买不到广州、上海的新鲜月饼（有商品，但已不新鲜），所以很高兴地吃了。

朱纯已和报社老干一起去广西（包括湛江、北海、珠海等地）旅游，大约还要几天才能回来。

听易说，你们的家庭生活得很有意思，小宋和你工作也都在做出成绩，小孩也长得很好，很是为你高兴。"此心安

① 即周作人著《儿童杂事诗笺释》。

处，便是吾乡。"只要"今天"能够过得惬意，也就是生活的满意了。当然，我知道你们也不会完全满足于生活的满意的。

鄢琨还没来。等他来后，要他代我寄本书给你（因挂号要到邮局去寄的）。先此道谢，以后再说。正在编一部唐诗，比较忙乱。匆匆问好。

锺老师
9.12（1991）

孙虹怎么样了？结婚了没有？不犯病了吧？请问她好。

三

小杨：

来信收到。本不必回信，但看了你那些"灭自己威风"的话，又忍不住要讲几句。如果你的那些话不是为了使我戴上高帽子而高兴，而是你真正的心态，我就真的对你有些失望了。人怎么能这样自弃？姑无论我根本就不是什么高不可攀的人物，即使我真的高不可攀，也不能成为你自己不努力实现自我的借口。如果我看了李白、周作人，那岂不只有赶快上吊了么？

人是人，己是己；他是他，我是我。有些不可比的东西就不必去比。梵高的画，我和你都无法比，但不必因为有了个梵高就从此不谈画。一个人的完美和完成，并不在于绝对工作量的大小高低，而在于他是不是问心无愧地作了努力。你这么些年是不是问心无愧地作了努力，我不知道；但你老是那样自怨自责，我以为没有必要。

如果暂时不想做事，并不等于怠惰。一世不做一点事，只要能够欣赏、理解，并不等于没有自我满足。你的病都不在这些方面，而在于既不甘于不做事，又不能下决心来做事。这却得治治才好，你说呢？

锺老师

10.7（1991）

四

向群：

收到了你的贺卡，小杨送小羊，朱纯笑着说，小杨到我们家来了，到底。

我还在编一部唐诗百家全集，完成后准备编周作人全集了，先编出来放在这里，总会有出的时候的。

祝

新年好小宋好小孩好

锺叔河

12.28（1991）

五

向群：

你好。

"走向世界丛书"省里奖了我一万元（另外还有袁隆平

的《杂交水稻育种学》和陈国达的《地洼学》，袁、陈也各得奖一万元。）局里也给丛书发了一个特等"编辑奖"二千五百元，岳麓书社扣掉了五百元，给了我二千元。（省里奖金因讲明不能分割，他们才没敢扣。）现寄给你八百元，请收下，作为一点小纪念。

我老了，身体和精神都渐不如前，这也是人生规律，概莫能外的。有时累了，呆坐一会，便觉得倦怠。现在正编周作人的十卷本文集，效率不如从前了。我不免记得原来你给我帮忙的时候，朱纯说："小杨挨你的骂挨得太多了，现在到哪里去找这样的人啊，编辑奖得给小杨寄一份去。"所以，你一定得收下。

问全家好

（钱是请鄢琨去寄的）

叔河

7.2（1992）

六

小杨：

信收到了。朱纯前几天参加报社老干旅游去东三省（可能还去海参崴），要八月初才会回来，她只能到那时才看了。

你无须过于客气，更无须"悔恨"。留在湖南也不一定好，无论治学为人（生活），走四方总比坐南窗有意思一点。你还很年轻，只要保持住朝气和活力，保持住求知的兴趣和新鲜感，先积累，到中年以后再"发"也可以的。

　　我是不堪做样板的。少年时大量浪费心力，中年又过度愤激忧思，都无益于学，也无益于身心。整个地说我是不正常生活下的一种不正常的产物，外似倔强，其实内心还是容易感伤的，不是能成"大器"的坯子。记得解放前十七八岁坐划子过湘江，把手放在船舷的水中，感觉到水的流速，觉得生命也就这样无声地然而却是迅速地流逝，竟凄然泪下，这哪里是做学问做事业的样子。打一个不伦的比喻，我最多有点像郭嵩焘，而远不是曾国藩，是一个小文人而不是学人，不过生活和境遇逼使我不能不学着做一点学问，做一点编辑工作，一以谋衣食，二以满足自己，如是而已。我总想，年轻人应该比我有更高的要求，有更大的志愿，因为生命的资本雄厚，不像我"改正"时就已四十八岁，口袋里可以付出的票子已经没有几张了。

　　我不知道你想谈的社会人生问题是什么。在我四十岁以前，我很少考虑这些哲学问题，而只是直觉地生活。哈姆雷特和唐吉诃德，前者未必比后者幸福，也未必比后者多有建树。我至今也很少思索这些，因为思索不得，思索的结果有点使自己害怕。我只想趁自己还能做事时做一点自己想做而又觉得应该做的事。

　　湖南太热，热天不宜回来。我买了一台空调，今年倒可以做点事了。近几个月来，也用些时间找过去的朋友谈谈，互相走动一下，也许是一个怀旧的心理渐渐在起作用，这就是年老的证据。

　　现在局里的人，许多社里的人，对我都还客气。我没有什么抱怨，只是逝者如斯的感觉使我苦恼。丘吉尔说："酒

店关门我就走。"我的酒店隔关门越来越近了。匆复，祝
全家好。小孙还好吗，请问候她。

钱很少，不要讲什么"不好意思"，快给小孩买点东
西吧。

锺老师
7.16（1992）

七

小杨：

月饼已经吃完，该写信道谢了。姚莎莎说孙虹已经到了
花城出版社，是不是？她搞出版，有不有兴趣？

莎莎又说你也想进出版社，有不有具体的去向？她叫我
写推荐信，是否有此需要？我写的在广州会不会有用？恐怕
那里的人不会知道什么锺叔河吧。

《书前书后》书店订数只有一千八百册，苏斌他们打算
还向全国出版社征订一次，希望能够再增加一点印数，因此
印出来最快也要到冬天了。

我正在编周作人散文全集，顺告。祝
好。朱纯问好。

锺老师
9.2（1992）

八

小杨：

信收到。

请立即打听：广东人民的"庄昭"是不是曾在河南中州古籍出版社当过副总编辑的？并立即告我。

姚莎莎来过。推荐信不成问题。庄昭如是河南来的那个广东人就好，可以直接向他推荐。（等《书前书后》出来送他一本。）

姚莎莎要我出点子，我说，如果小杨到了你那里，可以搞"走向世界丛书"第二辑，稿子、图片都是现成的，有的而且已经抄好标点了。

……

我的三女婿王朴调海南出版社去了，但还可能在长沙编一段时间的书，所以我确实忙，带他一年把就会好些。

匆匆问

好

锺叔河

9.18（1992）

九

小杨：

信和照片都收到了。看来你显然也长了年纪了，日月不居，春秋代序，自然规律是不饶人的。

记得早几年就跟你说过，自怨自嗟是没有意思的，让年华老是在怨嗟中度过就更没有意思了。做事不做事不是为了别个，只能是为了自己。自己想做点事，那就做吧。自己如果暂时不想做，则不做也可，无所谓对不起人。据我所知，许多哲人智者都没有"做"什么"事"，没有留下什么能够让别人看得见摸得着的"事业"，但是他们都完成了自己。

我编周作人大概要到年底才能结束。下一步就得搞课题了，预计一年完成。"走向世界丛书"除非你进了出版社，而出版社又下决心搞（想出点名倒是可能的），否则我在长沙是无法重起炉灶的。王朴（楚楚丈夫）虽已调海南出版社，但那里首先考虑的还只是赚钱。匆匆问好。祝你顺利。进行情况随时告我。

锺叔河

10.15（1992）

请代问孙虹好。让她帮我搞一本《洛丽塔》，漓江和浙江文艺都出了的。我只看到书评，想看看。又及

十

小杨：

信收到了。我叫鄢寄你的《书前书后》也当收到了吧？记得我以前寄你的《曾国藩与弟书》第五面上有一段话：

苟能发奋自立，则家塾可读书，即旷野之地热闹之地亦可读书，负薪牧豕皆可读书；苟不能发奋自立，则家塾不能

读书，即清净之乡神仙之境皆不能读书。何必择地？何必择时？但自问立志之真不真耳！

到不到出版社，亦应作如是观。环境对人是重要的，但不是决定性的。现在的出版社，恐怕也不是搞学问的地方。搞"事业"吗，如以赚钱为事业，则在社内社外其实亦无二致也。

拿莎莎、孙虹和你比，我并不认为她们比你"幸运"。或者小谭就比她们"不幸"。学校里面的人的素质，一般说来总比出版社要高些，出版社"强"的只是多几个奖金罢了。但随着"改革开放"，情况也会有变化的。起码在学校总还有保障一些，出版社如果完全走向市场，现在的人一大半都会被淘汰，这是必然的。

谈到出国，我确实兴趣不大，因为自己无法用外语，不可能真正交流。看花花世界的感受如何能深刻？红灯区四九年前长沙也有，我有个同学家开木工工场便是红灯区仅有的三户"良民"之一，那时的雏妓有比我这个十七八岁中学生还年轻的，我还访问过几位，写过一篇通讯登在《中兴日报》上，引了左拉的一句话："没有眼睛的人是多么幸福啊。"记得我写到了我见到她们笑，自己只想哭，当时即已感到中国人的麻木已经到了可哭可恨甚至可杀的地步。现在咱们不也早有了没挂红灯的红灯区吗？所不同者不过那时的妓女是被黑势力控制被迫着在笑，现在的"小姐"是自觉自愿自动地在笑而已，用不着到国外去看的。

我总觉得你把我想象的太"能干"，事实完全不是如此。

这几年事情我做了一些，但真正自己满意的事还没有做出来，也许永远做不出来了，自然规律嘛，老、死总是不可免的结局。不过我总还想做一点事，总想还能做得更好一点。在这一点上我倒是比有些"看破了一切"的年轻人"蠢"一点。我觉得你少的并不是灵气、悟性，而只是这一点"蠢气"，而这是不能靠换一个环境来改正的。

中国人不彻底改造绝不可能居于世界上游，而要改造的首先还不是道德观念，而是真正的自尊、自治、自强心。庸俗的凡庸，伪善，得过且过，逆来顺受，浅薄的世故，犬儒的卫道观念……对于民族的杀伤力甚至比暴君更大，因为这正是暴君生成的土壤。我对于这些是看得比较真切的，这也是周作人、鲁迅（这两兄弟对国民劣根性的认识是完全一致的）给我的启发。除此以外，我没有什么值得你学。学问本来很少，才气也不过中人之资，盖不足道也。

《洛丽塔》找不到不必找了，我不过在《文汇读书周报》上见到一篇书评，偶然想看看，不是什么非看不可的书。但这个题材我想看一看，因为我想知道习惯的道德观念和人性的美的冲突在这位作家的笔下是如何表现的。匆匆祝新年好

锺叔河

12.27（1992）

十一

小杨：

信收到了。所谈广州的情形，其实普天之下都是一样的。

长沙人没有广州人那么多钱，但想钱的程度恐怕有过之而无不及。人情物理，文化品味，恐怕也只存在于少数人之间了。你暑假来，倒可以帮我做一点事，调剂一下。

我常想，人所追求的目标，恐怕永远只是一个目标。所谓"山在虚无缥缈间"，不在虚无缥缈间的，似乎就不是自己追求的山了。人和人的不同，据赫胥黎说，比人与猿的不同还要大。然不同者，据我看并不在得到山没有，因为压根就不可能有人得到这座山，真正能得到的也就不是"山"了。不同的只在于有不有追求，也就是他心里有不有那座"山"，如此而已。

我的心里倒是有那座山的，现在还有。

"每人做一个菜"，确有其事（十年一二次）。不过"每人"之中，并不包括我。匆复。朱纯欢迎你，她说。

问全家好。

姚莎莎回广州了吗？

锺老师

3.29（1993）

理想主义不能没有，是对于过人的生活而言的

现实主义不能没有，是对于在现今做事而言的

十二

小杨：

①"唐存亿"的"亿"应是"忆"，至少岳麓印本上是"忆"字。这是一个差错。

②"观鱼"的作者是吴敏树，漏掉了。又是一错。这篇文章还有一处大"差错"，即原文中漏掉了几句话，加进去又超过一百字，如能再版，当另换一篇文章也。

③"洋婢"的名字，是同时出现四个，大约正是因为有这样的巧合，张德彝才在记音时加以区分的吧。

P.136 倒二行，"高山仰至"的"至"也为"止"字之误，请改正。

王杰成是挂名责编，错字是我的责任，毕竟老了，手眼都渐呆滞了。

我也很愿意请你当我一本书的责编，当然不是挂名的，但愿能天从人愿吧。

朱纯已从医院回来，医生说还要一个多月才能丢拐棍。

我还在搞知堂文编，极忙，信只能草草，请谅。

问好

叔河

5.8（1993）

我已离休。

十三

小杨：

山在虚无缥缈间，你总算又到了"此山"中，祝你好运。

我的"下一本书"，如果是指我自己写的"下一本"，那不知何时成呢。你总不是说我为了过编辑瘾（同时也是为了赚一点编辑费好买书什么的）而随时答应帮人"编"的书吧。

你刚到新地方，还是先沉住气，花一二月了解清楚内外形势，再采取大动作好一些。

这次到北京领"韬奋奖"，见到了一些朋友，知我已经"自由"，有两处想叫我去北京，给间房子，一千几百元月工资，但我不想去做帮工，都谢绝了。要去北京，也是做自己的事，且等明年再说。匆匆问好

锺叔河

6.14（1993）

十四

小杨：

信收到了。

亭亭从深圳有电话回，说在穗得到你和宋君的热情接待，朱纯和我都非常感谢。

你重返出版岗位，我觉得还是做得对的。出版暂时不景气，这是经济上自由化和意识形态（政治）上继续集中控制这种不合拍造成的，我想不合拍终究慢慢要合拍，或向左或向右，两个轮子永远不同步是不可能的。在"无可为"的时候，无妨一面应付工作，一面为"大有可为"的时候做点准备。我老了，慢慢不中用了，你们如日高升，还是要有信心，有勇气。新到一个地方，先沉住气，不要显得手忙脚乱，大概也就是所谓"成熟"吧。关于我们之间的合作问题，只要你有需要，我是应该积极响应的。搞个什么项目，我们可以讨论一下。古旧小说你们能不能搞？这方面本来已经"放开"

了，今年五月二十日新闻出版署又发了一个六一二号文件，宣布七十种古旧小说仍须审批，但是我这里有一本从伦敦搞回来的不在这七十种之内（也就是还属于可以自行列题无须审批的）的旧小说，叫做《贪欢报》，有二十四回，约三十万字，既可以影印，也可以付排（已经全部抄成简体横排书稿并且分段标点好了），你可向社里提出来，看看能不能出。

　　如古旧小说不想搞，或许明年我把《知堂书话》重新编过一下（和《知堂序跋》合起来，按类分辑）叫你去出如何？匆匆问好

　　问莎莎、小谭

锺叔河
7.4（1993）

　　请告知电话号码（总机及分机）

　　我的电话见名片

十五

小杨：

　　九月二十一日信收到。月饼也由我托图书馆的年轻朋友到王杰成家取来了，谢谢你了。

　　马力我过去没见过（所以他说"初识"），但他给我写信已有几年，《书前书后》出版后，他来索要了一本，结果又写了一篇长文（现附你一阅），这是在见面以前的事了。这次去京，才见到他，还有几位其他朋友，都是三十以上四十不到，又都是搞新闻出版的（马力是《中国旅游报》的副刊

部主任，还有一个《中国烹饪》杂志的编辑卫建民，比他更热情，陪我到周作人故居去了一整天）。谈得比和那些社长总编们应酬痛快得多（董秀玉已当三联一把手，就忙得不可开交了，请吃饭，坐一屋的人，殊少交流之乐，"收获"只是送了一堆书）。

想写我，等我死后去写吧。你当然有一个锺叔河的印象，正如有"姚莎莎""冯天亮"……的印象一样，都可以写的。我并不很希望别人"写"自己。虽然看到别人把自己"好"的一面"写"出来，私心也有一种快感（这是人性的普遍弱点吧，我不善也不喜欢矫情，这倒是真的），但并不很热衷被宣传，这点你晓得的。

蒋子丹也写了一篇"锺叔河"，把稿子打印寄我看过，那是偏重于她自己的感觉，文学家嘛，她征求我的意见，我说："写我的，我不必看，（马力的我就没看），要我看，我也不必说还得添上什么什么，减去什么什么，反正是你写的，你有你的自由，我尊重这个的。"

"酒店关门我就走。"这是丘吉尔临终时的一句话，我很欣赏，还有孟德斯鸠的一句，那是在神父让他做临终忏悔时问他："你现在该相信上帝力量的伟大了。"他说：

"吾知帝力之大，如吾力之为微。"

哲人日远。子在川上曰，逝者如斯夫。难的是保持心情的宁静。

你的工作有何困难，尽可打电话来问我，不必硬要有事让我做才来信。既可不必照顾，亦可大胆商量。如果有可能，你还是可以开拓个把大点的选题的，想法我是可以提一些供你选择运用的。（易木玲昨天来了，她说，锺老师你应该帮小杨出出主意。我说，对的对的。我是怕我提出来，她接受不好不接受也不好。她说，你可以跟她讲清楚嘛）。

　　匆匆问好

锺叔河

9.26（1993）

　　如你处能够上一个稍微大一点的项目，你还是可以来长沙，再合作一两年的，这当然是一种"理想"的情况。我的周作人今年可以结束，明年可以搞我自己的课题，但还可以结合编点什么，至于到底编什么，要看老板的具体需要和客观环境的实际可能而定。这可以商量的，当然如你无此种选择的自由，亦不必强求。

十六

向群：

　　我去年在海南出了一部（分装二十册）《唐诗百家全集》，《书前书后》中曾选登我为每个诗人所写小传二十则，其余小传现在《北京日报》又在陆续选刊。稿酬标准每千字十五元（小传另付每一则四十元），其中我八元，助编者（包括鄢珉，做责编、校对工作）七元。

　　现在又编成了一部《唐宋词百家全集》，拟分十册（每册有一作家如辛稼轩、周邦彦"领衔"，再把风格相近时代相同的词人放在一册里），共一百七十万字左右（每册十六至十八万字，用长三十六开本）。因海南王同亿搞得名声很坏，大家不想在海南出了，湖南文艺已有意接受，我想先问

问你愿不愿出此书，请你快些回我一个信（不要勉强），最
好打电话告知，以便决定是否与湖南文艺社签约。

　　匆匆，即问近好

锺老师

10.7（1993）

十七

小杨：

　　信收到了。

　　我以后有我认为可以告诉你的"项目"，还是会告诉你
的，因为我想你已进入出版界，迟早总要面临一个"开发选
题"的任务。告诉你，你也可以多一个可供选择的机会。记
得我曾跟你说过，选择的机会并不总是有的。

　　社里的答复，完全是正常的，我以为。（向社里提出了，
就行了，千万不要拼命去"推销"，因为所有我搞的书都不
愁没人要也。）

　　朱纯和吴隐、我哥哥到三峡去游了一趟，回来了。她已
拿了护照，准备去北京办签证。李廷凯在美已拿到绿卡，真
真在读大学预科，李小晴初中快毕业了，并告。

祝好

锺

10.25（1993）

十八

小杨：

从《新闻出版报》上看到你写的文章，对你们社和你在社里的情况有了一些了解，我也就比较放心了。

朱纯已签证去美，大约春节前后成行，我则在完成周作人文编后可能去北京读几个月书，完成规划，以后再做别的事。

问好

锺叔河

11.11（1993）

十九

小杨：

合同签章寄上请收。

我只把交稿日期改为五月三十日，因为今天已是二十一号了，而印刷厂还没有来拿稿子。

原稿可交乙方存档，当然如不必要，也可放在长沙。

稿费收到后再告你。

问好

锺

5.21（1994）

二十

小杨：

　　你的信收到了。职称晋升是件关系不小的事，故你应努力争取。所有材料，当然应该给你，你也应该拿出去，这是天经地义的事。鄢琨也在申报，"丛书"的得奖证明等等，都交给他去复印去了。我昨天打了电话把他，请他赶快帮你复印了寄去，他爽快地答应了。他家电话可直拨，（编者按：电话号码略）。

　　各卷编者名字如下：

　　第①册：张志浩②李景讪③谢爱杞④锺仲功⑤章一瓢⑥余无名⑦郑躬行⑧千弩⑨张人楠⑩李一痕

　　请勿写错。上次你把锺叔河写成锺叔沟，邮局不肯给钱，是出版局出具证明才给，多费了王朴两个半天的工夫。匆匆问好。

叔河
7.9（1994）

二十一

向群同志：

　　绿笔系我所改，请你先和三校样对一下，凡是三校时没有改正的地方，就请在片子上改正。这次是因为我疏忽，在交工厂时误将没有看过的一卷认作已经看过的了，很对不起，特此向你和贵社有关同志致歉。即问

近好

锺叔河

9.6（1994）

二十二

小杨：

　　陆游那本我未看稿而签字出片，是不应有的疏忽，给你和社里添了麻烦，很对不起。

　　推荐信写好了，寄上请收，如不合用，可以再写。丛书一本，请你先拿去，我实在无法检寄，以后补你。

　　等十本书胶片齐后，请你把各本书字数算出告我，我好把各人应得钱数开列寄你，由社里直接寄给各人。因为有的人请别人校对过，须分出校对费，有的人帮别人校对了，要分入校对费。还有小传许多人都写了初稿（我没叫他们写，是他们争取写的），谌震除自己写了三十篇外，还替几位先生改过稿子，也得一分钱。（这些数目只有在长沙才搞得清白的。）

　　我在千字十五元中应该得多少元，我想请你和社里提出意见（海南社搞唐诗千字十二元时我五元他们七元［包校对］，订词的合同时我提出他们加到十元我仍拿五元，合同寄上存你处）。这次有的人校对马虎，我发脾气，他就发牢骚说千字十五元主编校对都在里头，太少了。（表面上又说：出版社应该给主编另外送主编费。）为了避免说我顾自己不顾别人，所以得请你们表一个态，在开稿费通知单时写清楚。

（分别：主编 [含策划，版式，终审]，编校 [含校对]，各
几元）

匆匆问好

叔河
9.10（1994）

二十三

小杨：

寄上名单一纸，请分别汇寄各人。我意全书十册，作者
恰好十人，正好讲得过去也。顺便说一声，扉页上请排出
"本册校点：×××"，详细名单下次我再写把你。

匆匆问好。

锺
11.4（1994）

二十四

小杨：

前天寄上的名单，想已收到，当时因忙未写信。

样书二十部请寄张四部，锺仲功三部，李景诒二部，谢
爱杞、谌震各一部，其余九部寄我。

匡太平说你答应给他一部的，叫你不要忘了。

序言（或书评）见报事，你不要着急，总要让别人看到

书后才能做这件事，或者以你的名义写一篇，还好吹牛皮一点。

书的销售，我很关心，不知究竟销得动否？总盼此书不给你带来负面的影响才好。

《唐诗百家全集》有人在长沙翻印，匡太平告诉我的。海南社应该自己印的，但一方面也证明诗集有销路，词集也应该如此吧。祝

好

锺叔河
11.16（1994）

二十五

小杨：

今天收到了寄来的词集两部，看后觉得，书心印得还算可以的，只是装订却不敢恭维，尤其是这个套子拿不上手，比"唐诗"差得远了。销路如何？不会为社里带来太多的积压否？

钱除锺仲功的大前天才收到外（邮局挪用了，结果给他补了十元利息），其他的人都早就收到了。特此告知，请免悬念。

朱姨会在春节前回家，故我得把丢掉的花补栽好，有些家具也趁时间重漆一下，甚忙也。匆匆问好

叔河
12.8（1994）

二十六

小杨：

　　年历两本收到了，谢谢。今由邮挂号寄出《曾国藩家书三种合编》一册，请查收。你处邮码信封上是510030，可是年历中又是510045，究竟应写哪一个？请告。

　　词集的书脊一连十本都署"锺××主编"，很不合适，应该把头一个词人的名字印在那里，再加上一个"等"字，如"苏轼等""周邦彦等"，才便于读者从十本中选出自己要读的一本来，不知还有办法补救否？又纸盒花钱反而不合用，最好能利用旧版印成一个六面全包的纸盒，或者干脆不要，改用一条纸拦腰粘死，倒可以降低成本也。朱纯要春节后回，你们回家过年可来我处。匆匆

问好

叔河

1.7（1995）

二十七

向群：

　　广西刘硕良同志来拉稿，写不出别的东西，只好又把词集序加上前年写的诗集序凉拌一下端出去，他们登出时却将两部书都写成"广州出版社"的了，正好弥补了《新闻出版报》之不足，寄上请收。

　　因此想到，你们何不把《唐诗百家全集》拿过去重印一

下，肯定有销路的。（我没有和海南订合同的，只要订个合同，即跟广州成了合法夫妻，跟海南倒成为婚前性行为了，未办手续倒是不合法的了。）如果要省时省事出部好书，这倒不失为一个"多快好省"的方法。而且，两部书合了璧，以后重印，广告都方便一些。

　　请酌。

　　匆问

近好

锺

5.30（1995）

二十八

小杨：

　　程朝富通讯处为：

　　434000　湖北荆州市省卫生职工医学院

　　他的老婆在医学院，他是个很有思想也很有文才的人，而且无社会习气，也有时间。

　　谢泳则是个青年人，其通讯处为：

　　030001　山西太原市南华门四条陕西作协《黄河》

　　词集书脊上的名字，每册如只用一个，请一定加上"等×家"字样。上面是"百家"，下面说明这一册"×家"，正相呼应，也得体一些。

　　我想补一本的是李清照周邦彦那一本，即第⑤本。匆匆问好

锺叔河

8.31（1995）

见到姚莎莎请代我道歉，图片仍在鄢琨处，我手头事完后会要回来自己编成，编成后会告诉她，她可以要，也可以不要，但我一定会第一个告诉她的。我已背约，故她完全可能无法"出"了，那不要紧。总之我仍会第一个"尽"她决定要不要的，在我完成的时候。

二十九

小杨：

张老是位很风趣幽默的人，在他面前不要太拘谨呆板了。

祝

旅安

锺

11.12（1995）

【附】

中行先生：

听修智同志说，您近日体气弥健，到正定旅行了一次，知兴复不浅，十分高兴。

杨向群女士曾和我同事过好几年，现远嫁南粤，仍从事出版，欲到京趋谒，乞赐予接见，不胜感激。

专此即请

著安

锺叔河上
11.12 ／ 95

三十

小杨：

贺卡收到了，谢谢！

从《光明日报》上看到周丰一（周作人之子）状告广播电视出版社侵权出周作人的书胜诉一事。我编周作人书，当然是取得了周丰一授权的，但是张修智还是要亲自到周家去一次，把书将在"广州出版社"出版这一点事先明白告诉他，并告诉他周家应得的报酬和样书是多少？将于何时由张修智本人亲自给他送去。这些我当然也会给张修智去信，但你也得以出版社名义给他讲清楚，并取得张的回信为要。

即问

双安

锺叔河
12.28（1995）

三十一

小杨：

贺卡和书先后收到，谢谢了。

张修智昨天离京（回黑龙江）前打电话来，说已和周家就合同事达成协议了。书他说四卷都已印出，我真料不到有如此快。(但他说暂时还无样书寄出,须先发往各地,等他回北京后再寄样书。)

祝

春节快乐

锺叔河

1.16(1996)

周家要了三十二元一千字,如此他须付周家五万多元,加上付我的三万元,他们印五千本,也赚不到好多钱了。他觉得周家只应拿和我一样多。由此可见张修智也不是厉害的生意人,还是可以打交道的。

三十二

小杨:

贺卡已收到,谢谢。

我的病仍未好,虽生命暂无可虞,而每觉头昏,尤以起身走动转弯时为甚,也不知能够治好不?年已六十六,不算太少,只怕死又不死,窝囊地活着,徒然给朱纯添麻烦,则非所愿了。

请告姚莎莎,要她打电话催一下郭天民(编者按:电话号码略),请他快点把照片洗出来,我还是可以把它们编好交稿的,省得欠来生账。万一郭不能洗出,我如果竟不能完成任务,也会把预付款退还的,请她放心。草草,问新年好。

锺老师

12.26(1996)

三十三

小杨：

收到信时，我还没有看到十二期的《读书》，不知你所讲的是怎么一回事。前天赠阅的刊物才寄到，便看到沈必晟的文章了。

《读书》原来赵丽雅（扬之水）在那里，十几年来一直给我赠刊，虽然我八八年后便没有给它写过一个字。沈的文章，也不是我"组织"的，我至今也并不认识他。扬之水是个"自学成才"的女人，年纪要比你大近十岁吧。近年她出过好几本书，有一册《脂麻通鉴》，寄你看看，看后再寄回可也。她现已调到社科院文学所搞研究去了（听人说的），研究专题是"诗经名物"，金克木一月三十一日有一文提到她，也寄上一阅。（我与她自从"乙亥夏至后一日"后迄无联系。）

我之所以跟你谈扬之水，是觉得你有才而未能充分用之。你每次来信，总是自己骂自己一通，说什么想干而未能干，现在也是三十好几的人了罢。如果老是这样自责下去，倒不如不自责，干脆痛痛快快"抓紧生活"算了，就跟最近在放映的《走过冬天的女人》中那个胖大姐那样，也是一种自我实现（并非反话）。如果还想搞点研究、写作之类的事，就要动手去做，像扬之水那样。

我的病仍未好，还是每天打三百多元的针。这次也许还不会死，但后遗症已不能免，主要是头晕，行动时两足无力（夸张一点说如踩棉花），医学上叫"睡步"。医生说可能已不仅仅是脑出血后遗症的问题（这样的话，就会也影响到智力，而我的思维却似未受影响），还要再会诊一次，看是不是帕金森氏病的早期病状，陈景润即此病，是治不好的（邓小平亦此病）。不过他说如及早用药，可以再维持几年。

我已六十七岁，四十岁坐牢以前，玩也玩够了。坐牢后才开始读一点书，未及十年，匆忙做事，虽说为俗务耗费了些心力，也算是行自己所想行，也算是过了一把瘾。哪怕现在就走，也没有太多的遗憾，因为本来就只有这半瓶子水。我从来就没有过高估计自己，相反的，我的"表演"还超过了我实际所有的"本事"，也算得半个演员了。

如果生活能够重来一次，我想最好是找一个清静的地方，找一份足温饱的职业，混饭吃和生儿女之外，把全部时间都埋头读书，真正读通它一本两本，做一件真正可以传下去的事情。但"白首成追忆，青春只惘然"，悔之莫及。你们算我的下一辈，鄢琨也不是真正想做事的人（太为老婆女儿着想，则做不成事），但愿你能努力。今日已是大年廿七，还要两三天才打完针，打针是杨赞老师每天来帮我打（医院此时派不出人），她马上就要到了，这封信也写得太长，到此为止吧。

易木玲几次来看我，其情可感。……

郭天民先生已把照片洗好送来了，春节后准备着手帮姚莎莎做事了。但也只能慢慢来，毕竟病还没有好。（告诉她一声）

近来我因不能做正事，就写了几篇小文。《天涯》去年十二期有一篇《猎奇札记》，《寻根》去年六期有一篇《长沙黄鸭叫》,《芙蓉》今年第一期有一篇《写挽联》,《文汇报》去年十二月三十一日"笔会"上有一篇《皇帝的诗》,你可以找了看看。问你和小宋春节快乐。

锺老师
2.4（1997）

易木玲刚来电话,她下乡过年去了。

扬之水的书,可先看看"中年情味"p.98,再看"李斯"p.61,都不长。

三十四

小杨:

我已把小文写好寄走了(《文汇读书周报》),今天才收到信,于是又添了一段,另行寄去,多费了二块三毛钱邮票。

我住在湘雅,即你弟弟来过的地方。大约四月十日至十五日回家。

《沈从文书信》,我写序恐怕不适合,因为原来这部稿子放在我屋里放了大半年,吴泽顺恐怕对我早就不感冒了,我也不太想热脸去挨冷脸,何况又有病。

《周作人文选》如再印,能校对改错为好,同时请告诉贵社有关同志,我和张修智讲好了的,重印要付酬给我并付样书的。百家词选的重印本,我至今还未看到呢?如全是你的事,那就不提了;是公家的事,则不能不稍为计较,你说呢?

莎莎的喜事有眉目否?我还想吃了她的喜酒再去见胡风呢。

祝好

锺老师
3.31 ／ 97

三十五

小杨：

　　我又进了医院，但并不是病加重了，而是家庭病床不便于作治疗，医生要我住一段时间，以巩固疗效。毕竟是六十六岁的老人了，不像在八三年那时还只有五十二岁，出了血还恢复得快点。

　　在病房里收到了你寄我的"西关"四本，觉得很有意思。如有可能，请寄一点关于"西关"在广州的地理资料给我，并附一广州地图，在上面划出"西关"的位置范围。我也许可以写一篇小文。

　　今年病中给《芙蓉》一、二期各写了一篇小文，以后每期还要写一篇，同时写的还有朱正、朱健，杂志为我们三人开了一个专栏，名"三余随笔"，"三余"者，饭余、茶余、病余也。

　　姚莎莎一信请转去，不是为了省邮票，而是为了让你看看，当个证人。问好。

锺老师
4.17（1997）

三十六

小杨：

我已出院，情况比入院前好些，可能还可以再活几年。

收到了你社汇来一千八百六十元，云是重印词集的稿酬，但却没有收到"稿费单"（是常规都应该有的，开明计酬标准等项），也没有收到应有的样书，请为一查。

《西关古仔》已刊《文汇读书周报》，写得不好。本非强弩，已是其末了，可叹。在医院还写了两篇游蜀散文，一篇《散文》拟在八期刊出，一篇《芙蓉》拟在七月刊出，自己觉得写得稍好一点，也许可以看看。匆匆祝好。

叔河

5.13 / 97

在你社买书号出《心香泪酒祭吴宓》的姜威与我有联系，是哈尔滨人，在深圳，多时要我到深圳玩，我去不了。此人颇能干。

三十七

小杨：

你要的《书屋》寄去，另寄《芙蓉》一本，上面也有我的一篇文章，大概今后也只能写点这类小文字了，如果还能活几年的话。

祝你造大船造得多、快、好、省，也能驾出来让我瞧一瞧。如今都想造大船了，这很好；造得多了，好的总会占一定比例的。不过，请记住，在都造大船的时候，也未尝不可以驾一叶扁舟，出没波涛之中，也许这样更可以显出身手。

《芙蓉》你看后可送给孙虹（她寄了书把我），先问一声，如她已有了（文艺社也许互相赠阅），就请把《书屋》给她，当然在你看过之后。匆匆问

好

锺老师
11.14／97

三十八

小杨：

书昨天收到，贺卡前两天也收到了。

我这两天极忙乱，因为清理积事，拟将所有存件悉予清除，从此一身轻，（出版局又盖房子了，如两年内不死，还得搬一次家。）能活的时候则写点小文字，谈谈吃，谈谈对过去的回忆，即周作人所谓"老年的书"也。

匆祝

新年好

锺叔河
12.29（1997）

三十九

小杨：

你和程先生策划的文丛，进入实际操作否？何时可以付印？何时可以出书？稿子已经约了哪几个人的哪几本？印制发行有无困难？社里开支有无问题？选题报批会不会有什么障碍？接信后请一一告我。

如今办事太难，你在社里的作用多大，估计到了所有的困难没有？我不需要了解你们策划的别的书的情况（因要你写长信费时太多），但这套文丛程先生要我来一本，并且要把文章"留"给它（和你），故不能不先了解情况。

我只问你，你也只需告诉我，但一定要切切实实回复。程先生那里也由你和他商量，你告我的情况等等也由你去告诉他（有必要的话），我不讲。因为这事牵涉到我的安排，而老年人已不可能再作几次安排了也。匆匆问好

锺叔河
4.11（1998）

四十

小杨：

知已调妥，为你高兴。和姚莎莎曾大力在一起当然好。莎莎的书评了全国一等奖，向她祝贺。曾大力我还记得她那娃娃脸和娇小玲珑的样子，如今却是你这位副编审的领导了，

可见我成了照片中的那个样子也是历史的必然也。照片又寄你一张，是和那一张前后差不多同时照的，朱姨说我还在吃手指拇，所以必须赶快送掉。还有一张是办公楼炸掉前的样子，这里也是你们三人进出过几年的地方，所以送你们看看，青年时代（你们三人的）大概也只留下一个尾巴了吧，慢慢你们也就会怀念过去的。匆匆问好。

锺

7.20（1998）

易木玲身心已安，这就好了，联系时请代问好，直接联系则不必，她要自己出钱太费了。又及

四十一

小杨：

今天拿到了你寄赠的月饼，这是长沙买不到的，朱姨和我都很喜欢，谢谢你了。

到新社后还好吗？压力比原来大还是小了？其实除了自己的学问和事业（这在大多数情况下只能是一回事）以外，对别的事都不必太认真。我的毛病便是对一些不必认真的事也过于认真，结果自己吃亏，效果也不好。

和程先生还有联系吗？

问全家好

锺叔河

9.28（1998）

四十二

小杨：

挂历收到了，谢谢你的一片心意。

寄去《寻根》一本，P.78—79 有小文一篇，略略反映一点近来的生活，插图也还印得好，比《开卷》上印得好多了。

仍在写《学其短》，三百篇也够写一阵子也。祝

全家好

朱姨附笔问好

钟叔河
12.5（1998）

四十三

小杨：

你寄的周历早已收到，我每天记血压最为方便，多谢了。

收到周历时，我还在医院，但现已出院。这次打了两个疗程的针，作了一些检查，属于"保守""巩固"性质，不是又发作，请放心。

寄上《书屋》一册，台历一个，《散文》①在浙江文艺，《杂事诗笺释》在北京中华，都可望在春节前后出版，届时再寄给你。匆匆祝

好

钟叔河

---

① 指《钟叔河散文》。

1.12 / 99

台历一本给姚莎莎。

《散文集》的序，《书屋》上的并未用，因为出版社要出"选集"即把过去印成集子的文章又选些出来印一本，序文必须重新写过。此篇留作以为印单行本时再用。

四十四

小杨：

月饼收到并吃掉了。

图书商报上的文章也读到了。

姚莎莎到这里，正好我在和装修公司的人谈话，她坐都没坐就走了，我很抱歉。

我极忙，只能先写这几句，祝

好

钟叔河

10.1（1999）

四十五

小杨：

收到挂历一份，想系你所寄，谢谢。

正在捆书，准备搬家，大约元旦前后会动搬，但安顿下来总须到春节后。

有一本"散文集"，是浙江印的，样书早寄到了，也不

敢开箱，所以也要到春节后才能寄你。匆匆即问
近好

锺叔河

11.27（1999）

《学其短》春节后可以发稿，大约三百二十面，安徽教
育想出，百分之十的版税，你们如想出，可以给你们，不出
不要紧。

四十六

小杨：

书先寄上已清出解包的一本，此书去年一月初印一万册，
我讲可印两万，中华胆小，但印出后随即脱销，于是六月又
印八千，还是两万，听见现在又要印了。

合同我想就照中华的模式，请赶快打印盖章寄下，我好
把安徽的退去。如有意见，可打电话给我。初印最低印数是
版税制必须规定的，我以为《学其短》的销数会比"儿童诗"
大，当然也得做了营销工作，面向学校学生。

我仍在忙着清书。
祝春安

锺叔河

1.11（2000）

（新干班的一本也寄去，只有 P.39 和 P.302 二篇与我有关。）

四十七

小杨：

　　你的月饼昨天下午收到后，马上就开盒吃了，觉得质感和味道确实比长沙的好。朱姨说，小杨年年送饼来，你连书都不肯送她一本。我说，这就冤枉我了，只怪我真的老了，做事情不动了，搞不出几本书了。现在又有本散文已看过二校，不久会印出来，印出来就寄把她，还不行吗？

　　八月份中央找到五十个文化工作者到北戴河休养，出版界共去了五人（戴文葆、傅璇琮、沈鹏、巢峰和我），各带家属一人（广东去了红线女，带女儿去的），回来后花大半天找到崇祯皇帝的思陵去凭吊了一下（逛十三陵的人没有找到在荒烟蔓草中的思陵去的），照片一张送上请收。

祝双安

锺叔河
中秋（2000）

四十八

小杨：

　　你好！

　　告诉你一件事，鄢琨要到海南去了。他今年已五十四岁，我劝他不必动，但他决心已下，而且已经办好手续才告诉我，故我也没有办法了。其实，他要走，应该在我离开岳麓时就走，那时海南的蒋子丹力争他去，去也可以挣到钱，自己那时也只有四十岁左右，还有余勇可贾（也就是有剩余劳动力可卖），但那时他不想走，我怕他误会为我自己下了台就想拆岳麓的台，故未作表示。如今看来，倒是我误了他。……

寄上"儿童诗"①一本，是第三次印刷本，一九九九年第一次，当年底第二次，今年第三次，三次印了三万册。其实印一次一年半销完根本谈不到积压，照我讲的一次印三万就好了。反正拿版税，一次三次对于我倒没甚么，对于出版社则一次印比三次印成本就低多了。此书你和姚莎莎都有的（如姚没有，当然给她，请代问一声），这一本便可以送把曾大力或孙虹吧，看她们谁没有便给谁。

过几天还可以寄一本我的散文《偶然集》给你。问好。

锺叔河

12.19（2000）

胡遐之死了，是一个人在衡山乡下死的，无妻无子，甚为凄凉。想起我以前嫌他懒散，骂过他，觉得自己太不近人情，亦颇难过。夏剑钦告我后，我同意署名送一祭幛，上写：卅年风雨辛苦共尝，遥望衡云不胜哀感。遐之同志千古。锺叔河敬挽。

四十九

小杨：

信收到了。

----
① 指《儿童杂事诗笺释》。

我写文字喜欢改，故用电脑也许有利，但又觉得七十衰翁似不必再花工夫学手艺。

周作人的诗文，不仅从字面上体会其"温馨"，当想见其六月天坐在老虎桥监狱中，用一小片硬纸板放在饼干筒上做这些诗，能保持怀想儿时生活的心境，是如何不易。

我的文字则始终除不净火气，也就是脱离不了幼稚，亦可哀也。（五十年前更不必说，存之是为了纪念那时的一点记忆。）

易木玲和你还有联系吗？……

问好

锺叔河

2.12（2001）

尚久骖现在新疆侍奉得了老年痴呆的丈夫，而两个儿子都去了美国。朱纯对之颇为同情，有时寄点腊八豆去。春节前曾寄来诗一首给朱纯和我，遂在《偶然集》上写了四句赠之：

记得青山那一边，花间蝴蝶正蹁跹。

可怜茵梦湖中水，不照人间五十年。

一九四八年十七八岁时，与一班朋友共读斯托姆的《茵梦湖》小说，书中警句有云："我们的青春在青山的那一边，可它们现在成什么样子了呢？"

近应《书屋》周实之约写了篇关于李锐的文字，较长（比别人仍应算短，在我则很长了），自己觉得稍为好点，因带有真感情也。其实我和他亦无太多接触，不过忆及 49—50 年间生活，因人而及物也。届时你可看看。又及。

五十

小杨：

在《出版广角》上看到你连续发表的文章，十分高兴。记得在同事的时候我就对你讲过，编辑这种职业在文化界中的地位其实不高，更不必说教育学术界了。若要自己能出一点名，非得自己编书（不是责编之编）写文章不可。从这几篇文章看，你是能写的。希望能坚持下去，再注意扩大一点范围，慢慢从职业编辑的圈子里走出去，到比较广大的天地里去。是所期盼，并预为贺。

湖南有个《书屋》杂志，六月份上我写了一篇《老社长》，从中也可以看到在《偶然集》后我的一段生活，附告，即问

近好

锺叔河

6.24（2001）

另有南京出版系统办的一个小刊（非卖品），寄重了一本给我，顺便送一本给你（也许你已有了）。出版社要办出名，总要能在文化界中发生一点影响，出版者亦如此也，湖南现在亦无可为也。

《书屋》从七月份起便换人，改由教育社去办，方针有

变，到明年大约就会面目全非，我也不会再写了。因原编者匆匆离岗，我无法多要"样刊"，故只能寄复印件，请谅。

五十一

小杨：

信、文均收到。文其实写得很好，但如我代为寄出，则近于"组织"好书评了，且待有人上门索稿再说。

黄永玉把你组织的《陈宝箴集》的作（编）者给他的信给我看了（其中提到了杨向群，看来特别亲切）。陈氏父子（宝箴、三立）之集均可出，三立（散园）文人，似更值得出也。匆匆不尽，祝好。

锺

7.6（2001）

我有可能到广州一行，到了再告，亦可能不去，因纯属私事也。陈寅恪之墓中大不知道争取做在校园中，是大失策，陈其实是位亡国遗民，其价值亦即在于此也。

五十二

小杨：

陈集"不想赔钱"，可见贵社主事者眼光不过如此。"短"① 已给湖南美术，你就不必费口舌去为我"争取"了。"改革"若果有成效，恐怕也要到明年，我可以把这三年新

---

① 指《念楼学短》。

写的散文随笔给你（如果你要的话，不必勉强），只十多万字，只求印好点，就不谈别的了。（书名叫《念楼散文／随笔》）

这几年我已不写原来那种带刺的"杂文"了，大概年龄可以消掉火气，心里要讲的话当然还是要讲，不过不必讲得那么激动就是了，转几个弯，也许还多点意味。

好文章学不来，如《西青散记》里我抄的几段，便是绝妙好文，可以看看。可惜书中关于女仙和"双卿"的部分太肉麻，则是旧文人惯做白日梦的毛病害了他。才子气有一点则可，太多则不可也。我这篇文章是复印坏了的，随便看看丢掉便是了。

……人可以做一点梦，但须清醒地记住这只是梦，瓜子不能当饭吃也。……问你们好。

锺老师

7.23（2001）

若到广州，便是到美国领事馆（但我这几年还不会去美国）。新干班同学有个刘音在东山花园新村，并无同学聚会之事。

五十三

小杨：

老漫画确有意思（画越丑恶越有文化史价值，正如宁乡周汉的杀天猪叫一类漫画也），但文章却没写好，"龟仔抬美人"等于×妈妈×的图解，根本就不能说是什么"革命志士的漫画"，不过是落后而又下流的表现罢了，两幅画放在一起，文明与野蛮可以立判。骂娘至今仍为"国骂"，即是国民程度百年来仍无多大的提高的标志，思之可叹。

锺老师

8.30（2001）

不来广州了，《学其短》年内发稿，三百篇都需重写一遍，一天只写得几篇，急死人了。到处来信，也许要到发稿后一起再回了。

五十四

小杨：

信收到……讲真的，人生在世，又有谁是一切顺心的呢？理想与实际始终是无法一致的。越早自觉到这一点，越可以自由，事实就是如此。

我和你和小宋和易木玲是两代人，叫代沟也可，叫差距也可，这是事实。但作为人情交往、同事、友人，则"人人生而平等，而且永远平等"。谁若自以为高明优越，俯视众生，只能说明他自己的浅薄，我自以为尚不至于如此。但在你们那一方面，也完全没有必要觉得别人是在"俯就"，有什么"不自在"吧。当然两代人之间不可能像同辈人之间那样相待，比如说，我对王卉就不能像对刘音那样说话。这倒不是旧礼教的约束，而是社会法则本来如此。……周作人说老不安分，戒之在得，其实当时鲁迅还只有五十多岁，周作人则比哥哥还小好几岁就自称知堂老人矣。

　　我因为得陪朱姨去美国，大量的事必须在十月前做完，故现在极为忙乱。朱姨常骂我不会歇气，不去散步是找死。死是不想死，但有人愿休闲有人愿做事却是天性不同，而不忙不做又会得清闲么？寻点书看，寻点事做，也是排遣内心寂寞解除痛苦的一法。做事不必只有著书，在劳动队雕竹笔筒，拖板车时给周作人写写信，画一画计算尺上的刻度，也可使心情平静。

　　《念楼学短》和《从东方到西方》都已付印，印成后前者会寄你和小宋及易木玲各一本（她的由你转去，我不知地址）。现先将多余的校样寄去三页，可看看。

　　朱姨寄上照片三张，一张是给麦先生的，请代向他问好。

叔河
7.31（2002）

五十五

小杨：

　　在广州承你和小宋照顾，代办一切，十分感谢。

　　我正在忙于收拾，等天气稍凉，就动身去美。这次按美国规定至少要住半年以上，回来当在明年夏天甚至秋后了。朱纯最疼的女儿和外孙子在那里，只得由她，但我也打算带点事去做。

　　你谈到易木玲和你有时信中交谈到我，请代我向她致意。我觉得她是个聪明人，智商和素养实在某些女干部女编辑之上，在"岳麓"时对我的工作也很支持。我对她的印象一直是很好的，却没能给她什么帮助。当时的"工作环境"和她自己的家庭，对于她都是不公平的、不该有的。后来总算这两个方面她都摆脱了，真希望这是她新生活的开始。"休道人生无再少，门前流水尚能西"，苏东坡这两句诗，意味是何等深长啊！

去信时，最好建议她静下心来读些书，读书不必定要"致用"，能使此心安静，什么境况也都是"吾乡"了。这是我一生唯一的经验（这的确是真的，勿视为虚言也），不仅对她，对你和小宋也可供参考也。事忙，不必来信了，回来再见。

锺老师
8.1（2002）

"学短"还要几天才有书。

五十六

小杨：

你在宝墨园的摄影，李升召今天送来我处，特寄上。

月饼已吃了，甚好，谢谢。"鸡公榄"还没收到。

江苏又要我编一本序跋集，连前安徽的《念楼集》，江苏《开卷》的《偶然集》（名同书不同），一共得发三本稿，的确忙得够呛，故我实不该去美也。

问全家好

锺叔河
9.19（2002）

五十七

小杨、小宋：

　　来此已五十天，此地在哥伦比亚河上，隔河与波特兰相望。波特兰是俄省省会，有数所大学，公园数目为美国城市之最。此处（温哥华，美国的）则属华省，李廷凯和真真的房子在一个新小区，小区内还在新建房屋。这里的开发商买了一块土地，先修好路，埋好管道，划成一块一块，并提供各种户型（都是独立小栋），有主顾选中了一块地就动工建一栋。上百栋小房（多为两层，也有一层，绝无三层以上的），相距至少在十英尺以上，家家都有草地、花园，而我尤爱者则为美洲独有的铁杉，屋前屋后都有七八上十层楼高的大株，直立挺拔，树姿极为优美。社区后和道路侧还有成片的林子。我们外出散步，走到公园去晒太阳，来回四十分钟至一小时，碰到的行人最多两三个，这和在国内一出门就在人群中挤来挤去的感受完全不同。大抵美国人上下班开车，休息时则全身心经营各人的家，绝少串门、扯乱谈、干预别人的生活。我们来此便只是休养，呼吸点"好空气"。他们为我们订了华文报纸，还不时驾车带我们到本市和波特兰的公共图书馆去看。图书馆一次可借书十本，坐在那里自由取书看书，还书往外面箱子里一丢便可以了。遗憾者不懂英文，不免望洋兴叹耳。匆匆写此，请你们放心，事忙亦不必来信，反正五月间我们就回长沙了。绿卡已于上周拿到，社会保险卡也拿到了。附告，即问

佳吉

锺老师　朱姨
12.15（2002）

五十八

小杨：

先祝贺你评上正编审，无论从广东还是湖南来作横向比较，你都可以说是实至名归，比任何人都不弱的。当然，以你的潜力，你还可以做得更好。因为一个有高远理想的出版人，努力的目标不能只限于出版系统之内，这是我的一点体会。自己"虽不能至"，但这个道理我以为是不会错的。

至于出什么书可以"成功"，正如《老人与海》中的老人出海捕鱼，固然要靠经验、技巧和敏感，也得靠天气、海流和运气，急也是急不得的。

你的专件快递，信封上没写 U.S.A，中国邮局把它送到加拿大的温哥华去了，加国邮局把它转到美国，因此我们到十七号才收到，倒是直接送到屋里来的。

我们来此已快三月，绿卡和社会保险卡均已拿到，如果要长居此邦，就可以不必回去了，但我们还是会如期在五月上旬回长的。在这里纯粹就是休闲，而我却是闲不住的命。

易木玲回衡山奉母，具见孝心，她的先生总也会回来吧，去信时请代问好，衡山比江油，环境也不会差吧。

有空请打个电话把刘音，说我就不给她打电话了。回长沙后我的新书估计已经印好，再给她寄书吧。匆祝

全家春节快乐

朱姨向你祝贺，并问小宋好

锺叔河

1.19（2003）

这里并不冷，虽然纬度大约等于长春，但因为靠近太平洋，有暖流所以平时温度比长沙还暖一点。房子为木结构，两层板中填隔热物料，又有自动调温装置，需要多少度就是多少度。

五十九

杨向群：

你好！

Email 收到已久，我在此休息、看书，眼看时间已过三分之二，也不打算跟朱娭驰学电脑了，反正回长沙后，通过她跟你联系，也很方便。回时从上海入境，时间是五月六日，在此之前一般就不跟你去信了。

你看到有关于我或我关心的文字，仍代为收集寄下，但在电脑上扫描寄来即可，专递快邮就不必了，到四月间直寄长沙便可以了，亭亭现在住在出版局，替我守庙。

安徽的《念楼集》已出，印得还可以，就只卷首照片没印好。南京和苏州的《偶然集》（新的，完全不同于旧本）和《锺××序跋》也应该印成了，却没有寄到美国来。这三本书，回长后会寄给你。

问小宋好，历史学现在是冷门，但始终会是一门大学问的，当史学教授，成就肯定要高过编审的，当然学术编辑的成就可以不低于教授，祝你们比翼齐高翥！

朱姨问好

锺

2.15（2003）

六十

小杨：

广州发病，我们从媒体上也知道了。……宁可信其有，不可信其无。所以"无事少往街前走"，尤其是孩子。

这里就是清闲得好，当然这个好也可以加引号，对于闲不下来的人。不过我想，像陶渊明、孟浩然这样的人，毕竟要比世俗之人高明得多，所以清闲究竟是难得的境界。

上星期到西雅图去看了两天，旅馆很好，房间五十美元一晚也不算贵，但一餐饭五十美元我就觉得太贵了。回来遇雨，坐的人倒没什么，开的人就太累，至少我这个坐的人觉得是如此，虽然他们总说不累。

《念楼集》已寄来样书，原来说可最先出的新《偶然集》，却因为江苏古籍社改"凤凰出版社"（和省局合并），反而要延至五月，只能等回家后寄你了。你们也不必来信了。

祝全家好

锺老师

3.7（2003）

六十一

小杨：

Email 收到了，病人美国也有，但恐慌似乎并未发生，因为一切都是公开的、透明的。正如抢劫杀人的事，什么地方什么时候都有可能出现，人们却不会因为怕杀就不上街一样，问题就出在遮遮掩掩、欲盖弥彰上。黑屋子里进去都不免惴惴，打开灯就都不怕了，不知道为什么那样不敢打开灯。

反战的游行这里也有，波特兰还有过几次很热闹的，我也亲眼看见有人在市场上发 NO WAR 的袖章，但熙熙攘攘的人流中只有一二个人伸手接。游行最热闹时，民意测验支持出兵的还有百分之六十，百分之三十无意见，反对者不到百分之十，百万人中有十万上街就不得了了。如今则支持者达到了百分之八十以上……（编者按：下略）

《开卷》那本书还未收到。东南大学出版社那本说已投邮，也未收到。倒是安徽教育社的《念楼集》则寄来了。一共三本书，等我回长沙便可给你检出来放着，或寄或留，看你的意思（你们总会回湖南省亲的吧）。今天是四月十六日，五月一日我们就离此回家了，五月八日总可以到长沙了。今后拟少写文章多玩耍……瞎子被放在台子上，死死抓住台子边不敢往下跳，其实离地不过三寸高，跳下来绝对摔不死，可就是不敢松手。呜呼哀哉！

不必再来信了，有信寄长沙吧。

锺老师

4.6（2003）

六十二

小杨：

我已回长，两人都好，但一屋子积压，忙得不可开交。书已印成两本，还有一本，须过后再寄，先此奉闻，请放心。

在美国的印象，第一是图书馆好，第二是书出得好，第三是土地可利用的只利用了百分之一，农牧产品就吃不完了，一下子也说不完。

秦颖一信请即转交。

祝

全家好

锺叔河

5.9（2003）

六十三

小杨：

今天收到"文汇读书"的赠报，看到了你写的文章，很是高兴。一是听见你说我写的东西好，自然高兴。二是发现你的文章越写越好，这就更高兴了。

一篇短文要写得好，须得用有限的文字曲折的把想说出来的东西说出来，而文字本身亦要干净朴质，若能表现出一点个人的脾气性格则更好了。你这一篇已庶几矣。——此非互相标榜，而是我的真的感觉。

回过头来说自己，你的表扬固然见了很高兴，但随即不免伤惭，因为如今越来越不行了。古人悔其少作，因为他不断在进步；及至靠几篇旧文充数，却写不出更好点的文章来，生命也就快尽头了罢。

回来两个多月快三个月了，《学其短》的尾巴还未收完。文章也没写，上周深圳叫开专栏，也只能从续作的《学其短》中挑几篇应付，现寄去该报刊出的第一篇，以供一笑，即问全家好！

锺老师

7.26（2003）

六十四

小杨：

你这是对我真正的关心。此二书（《学其短》《念楼学短》）虽未必有生命，但若得重印，总该将错误尽量减少，对大众来说可少贻误，对我来说也可少贻羞也。

月饼收到，没有蛋黄，我甚喜欢。

我近来身体退坡很快，唯愿能将十五卷周集编完，若能见其印成就更好了，这样就可以了却周作人先生四十多年前对我的一份情，当时他以五四老宿八十老翁肯给三十来岁拖板车的右派寄书写诗相赠，这一份知己之感我心中是永不能忘的。书是快编完了，索引还待做，但如今的责编、校对能否不糟蹋它，亦殊难说。黑龙江银行的韩君我已介绍到出版社去了，希望由他担任校对，能放心些。

朱姨这两年也更老了，耳朵听不见，但整体还是比我好，估计她会比我活得长一点。

（信是今天收到的）

锺老师

10.17（2004）

六十五

小杨：

寄上报纸一张，聊供一笑。

鲜鲜（四毛）的女儿已从英国留学回来，前个月在深圳找到工作了。她是我最小的女儿，她的女儿却是我最大的外孙女。

锺老师

6.20（2005）

六十六

小杨：

寄去王燕妮文（可能你已看过）和两份简报，四毛写的一篇不足道，我答记者问却是讲的真心话，我对"国学"所见便是如此。"国学"懂一点好，但要紧是进去了要能出来，这一点最是要紧。匆祝全家好。

锺

6.27（2005）

六十七

小杨：

"智者"假冠和别人好心捧场的话可以不必认真，但十八则笔记却是近作，"自述""说明"和"答问"你也可以留着作资料，准备以后写唁函吧。

锺叔河
7.6（2005）

六十八

向群君：

岳麓书社已将照片送来，现在便把你的那些寄去。我留下了你的一张，也放进去了我的两张，彼此留个纪念罢。

丛书新出者已出齐，六十五种中我点校并撰写叙论者只有四种，张德彝的三种太厚不便寄，只有《海录》薄一些，亦寄去一册，请收。专此即问
双安

锺叔河
3.27 ／ 2017

六十九

小杨：

这个"奖"我于见报前一周才知道，《新京报》忽来电话要我写"答谢词"，原以为只是评丛书，便胡里胡涂地写了这几行。事后他们寄来了几份报纸，今寄上一份给你看看吧。对于岳麓书社，"奖"也许有一点"作用"。

匆匆祝

俪安

锺叔河

1.22（2018）

七十

向群君：

"寄书固所愿，难在难包扎"。过去我写的这两句话，确系实情。明年就九十岁了，很怕动手费力气了也。其实我本是个喜欢动手做手工的人，如生在"由自己"的时代，也许会成为一名不太差劲的工匠，同样可以过得舒舒服服，绝对不会坐桌子玩笔杆的。但人总会老，总会懒，无可奈何矣。昨夜你不打那个电话，讲老实话这本书今天是不得寄的，收到后请电话告知，因快递近来也有不可靠的了。

叔河

4.1（2020）

　　因为怕拆开书更不便包扎，所以无法题签，附上"赠书票"两张以代签名，一张是别人为我做的，一张是我自己"设计"的。

致黄成勇 [①]　十三通

一

黄成勇先生：

谢谢您对我的鼓励。作为一个编书写书的人，能够在读者尤其是同业的读者中得到回应，确实是十分高兴的，这高兴简直超过了受到谬奖所产生的惭愧。

我正在编十卷本的《周作人散文分类全编》，此书拟由湖南文艺出版社出版。这件事大约要到三月间才能初步结束。近两年写作基本停顿，就是为了这件事。

我有个女婿王朴在海南出版社工作，因为这个缘故，我还为该社试编了一种"人人袖珍文库"，今年夏秋之间也可能印出第一批书。知注并告，即祝

佳胜

锺叔河
1.17（1993）

[①] 黄成勇（1961—　），湖北竹山县人，曾任崇文书局法人代表。

二

成勇先生：

您好。

大作及手示俱喜收快读，文笔精彩传神，只是谬奖太过，不免使我感到惭愧。

彭学明先生已来信，近两月装修房屋，为收拾书物很累，只能等稍晚些时候再报命了。

去北京的时间也只能相应推迟，神农架之游，也只能等明后年看机会了。盛情弥感。

"大字典"和"大词典"的编印本都是要购的（大词典把一个字头分成两册尤其荒唐，不便查检）。王朴到鄂时再到尊处办理，请关照。专此即颂
佳吉

锺叔河

8.17（1994）

三

成勇先生：

大札贺卡和交由王朴带下的佳品都已收到，感念厚谊，中心难忘。

大作结集出版是大好事，俟排样出来奉读后，当作文略谈感想，至于能不能够格充当叙语，且等届时先生过目后再说吧。

今天是大年初三，趁此向您拜年，并祝

新春愉悦

锺叔河

2.2（1995）

四

成勇先生：

久违了，想一切都佳胜。《书友》仍一直收到，足见关心，多谢。第三十五期上谷林先生《谈许宝骙（之二）》，很能显示文人独立自主的精神，在盲从的国度里最为难得。谷林在《书友》上发表的文章，后来又在公开发行的报刊上发表，如此亦甚好，因为可以扩大有益的影响，亦即扩大了《书友》的影响也。谈吃诸文，亦有趣味，但篇篇都是"未完待续"，读之未免遗憾也。匆匆

问好

锺叔河

11.13（2001）

五

成勇先生：

近好！

我到美国去住了半年，前天才回长沙。

《念楼学短》是我临行时印成的，《念楼集》则在美国才

收到样书。至于《偶然集》，样书还没有寄我，印则应该印出来了。出版者为"凤凰出版社"即江苏古籍出版社的新名（由南京《开卷》主编董宁文操办）。此外还有一本由东南大学出版社出版的《锺叔河序跋》，也收入了拙序，为"书人文丛·序跋小系"之一。据说也在不久前上市了，可能他们以为我人在美国，故亦未给我寄样书。

在美国的一大感觉是图书馆方便，二是图书出版认真严肃。书店则只观光而少购买，因书价太贵，美金不多也。在图书馆内纵览中文图书（英文看不懂），百分之八十是台湾书，可读者甚多，不仅毛泽东传记也。匆匆即颂

佳吉

锺叔河

5.9（2003）

六

成勇先生：①

盼能拔冗赐览，不管您喜不喜欢这些短小的傢什，但愿勿以文言今译视之，则万幸也。

锺叔河寄于长沙念楼

三年五月之九日（2003）

---

① 此信写于《念楼学短》扉页。

七

成勇先生：

　　承寄赐大著，已经收到，王朴一册，亦已通知他来取，深情厚谊，两代均感。拙作承青及，惭感无既。河年老神倦，只能写点小小文章，聊遣晚年寂寞，贻笑大方了。

　　专此即请

著安

锺叔河

乙酉正月于念楼（2005）

　　（因老妻病重，年来与外界已少联系矣。）

八

成勇兄：

　　《崇文》办得十分出色，足见领导重视，吾兄主持得力，佩服之至。而一至五期均及时赐寄，不遗在远，尤为感谢。今寄奉拙文一篇，聊示微意。专此即请

编安

见到王建辉同志时，请代为问好。

锺叔河

六月二十二日（2006）

九 ①

成勇先生：

崇文得人，文襄有继，读书人皆当高兴，况二十年同业老友乎。来示具见高明，自当勉效绵薄，但八十衰翁，日暮途远，参加程度恐不能深耳。

文库易主，自须易名，或可称"崇文口袋书"或"崇文好读书"（既是爱好之好，也是好好先生之好），小三十二开照上海辞书的"开卷书坊"便可入口袋，便利读者了。以小开本印名著，自是一种特色，亦即是卖点也。与上海不同的是，我们只收经过了时间筛选的"父亲读过儿子还要读"的书，也可以不付著作稿酬也。当然序文也得写过一篇，把口袋书——好读的书，这一点讲清楚。匆匆不及多谈，附奉小书一本，你未必有时间看，看看序言和第三、四两篇就行了。

即颂编祺

锺叔河顿首

8/19（2012）

---

① 此信及 2013 年 5 月 1 日以迄数信，所讨论者均系锺叔河加盟崇文书局主编"好读书"系列诸事宜。其中，2013 年 4 月 17 日及 5 月 1 日信中所言，均指先生为崇文"好读书"所撰《前言》。此项目因故未出版，仍由受信人受托与锺先生协商中止合同。这几通书札以及此事项，足见老出版家提挈后进，宽宏大量的高风亮节。事过留痕，受信人作此简注，以表达愧怍与感念。

十

成勇先生：

近好！

合同当签章寄社，但请告知：

周氏文选预定何时出版？周吉仲君处是否联系过了？

文库之事，王朴不想参加，也有他的顾虑。我理解他，也从不勉强他的。但这并不会影响我对您的承诺。需要明确的是：文库的名称是否已经确定？开本和工艺是否定下来了？因为名称定下来才好撰写序文，体裁定下才好补充书目也。

以上几点，您尽可从容策划、裁定，定下后即请告知。我做起来快，您的决断则毋须求快，谋定而动，见效不会太慢的。

专此即候

编祺

锺叔河

九月三日（2012）

（有事亦可电话联系）

十一

成勇先生：

因为想等你和周家联系好后，签了合同，一起寄信，故而迟复了。书名我觉得"书馆"似不宜名书，"书库"则雷声太大（辽宁的"万有文库"雨点也太小）。能否就省去一字，称为"好读（的）书"呢？其实分辑亦不宜太细太固定，张元济的"万有文库"，第一集一千种，第二集七百种，几年后看规模，看效果，最后还是要按内容归类列目的。

《西游》《水浒》本就想收，还有《三言》《二拍》，如此则古典小说便可一次推出十多二十册（超过400P的分上下或上中下），规模和码洋都很可观了。

曾氏家书本由李氏兄弟挂名，当然可以复其原貌，但应有原刻署名的书影。文襄公"劝学编"与福泽氏的合为一本，篇幅适宜，只是"中体西用"和"脱亚入欧"判为两途，文章有点难写就是了。足下策划，具见高明，胜我多多，佩服之至。在你的主持下，这套书定会成功，关键只在版式印装，争取以"好读"争胜市场也。即颂编祺。

锺叔河顿首

十月廿一日（2012）

十二

成勇先生：

各件寄上，收到后请告诉一声。

《前言》出样后，请寄我再看看。请交代录入时勿用阿拉伯数字。

即请

编安

锺叔河

4.17/2013

十三

成勇先生：

《前言》我又用红笔改了两处，寄上请审定。

合同上你加的"附条"（1），我可以同意。今又将我们电话中商定的内容写成（2）加上，并将"作品名称"中的"十六种"删去。我这份合同现寄去请收，你那份合同请即寄下由我照改就是了。

电话中我谈到对地名注释的意见，请看我在校样上的改红，未见得对，供参考而已。

另附寄去日本所印《三国演义》的附图，亦供参考，不必寄回了。

即颂

编祺

锺叔河

5.1 夜（2013）

"亚东本"收几种，悉由尊便也。

致子张①　一通

子张先生：

　　字照写寄奉。我已声明不再写字签名了，故请勿以告人。凡陌生新友来信或寄件均不会回复了。望九之年，又多病痛，实不得已也，请多鉴原是幸。即颂

佳吉

锺叔河顿首
11.22（2019）

---

① 子张（1961— ），本名张欣，山东莱芜人，浙江工业大学中文系教授。

致秦颖 ① 十三通

一

秦颖同志：

昨天收到了你的信。

个多月前，小平也和我讲过你的想法。

我十分感谢你对我的信任。如果我不得不在湖南搞下去，我愿意欢迎你来此共事。问题是，现在我已经向领导提出调动的要求。刘正同志和孙南生同志在谈话中表示不能放我走，至少是在目前，但我却没有同意。

你是否可以先暂时在长沙找一个接收单位（非教育系统的），等到下半年或明年再看情况呢？如你决定去人民出版社，这里附上给该社副总编辑林言椒同志介绍信一封，你可直接寄去，并附你自己的信。

事忙不多写，即问

近好

锺叔河

5.28（1987）

---

① 秦颖（1962—　），湖南宁乡人，编审，曾任《随笔》主编。

二

秦颖君：

信收到了，谢谢关心。书既非贵社所出，就不必买寄了。小邹工作不知定位了没有？《随笔》近年倾向似颇"左"，比如骂周作人，我看就没有什么意思。一则他"已死"；二则比他还该骂的人事甚多；三则即使确有该骂的理由，其文章也还是可以欣赏的，比如说培根、马基雅维里……中国人吃不宽容的苦已经够多了，何其自己也不能学得宽容一点乎。匆匆问好

锺叔河

8.25（1995）

我以为，出书、出文章，眼光都无妨放远一点。如果三年以后，或十年以后，估计会拿不出手的书和文章，就最好不必出，反正可出的东西还多，此类赋得和应制的东西不出也不要紧也。又及。

三

秦颖同志：

出教子书系列是个好想法，我这里左宗棠的有十三四万字也可成一本。当然也不能都是儒家正统观念的，也有的以道家或禅理教儿孙乐天知命、顺其自然的也可以选一二种。

贵社付酬标准则似乎太低。书愈小，编选愈难。曾氏教子书只十来万字，按千字四元只有四五百元，注释亦不会超

过一二千字，只几十元，则整个一本书只等于我在《明报月刊》上发一篇千字文，似乎有点不大像话（恕我直言）。

我刚同姚莎莎签了一份合同，你可以就近问问她。我现在同出版社订合同，都采用拿版税的办法，这样彼此都放心，也不背包袱。书没有销路，作者就少得报酬也是正常的；书如编得好，能多销，则作者适当多得几个钱也无可厚非也。浅见如此，不知对不对。

今天元旦，祝

新年快乐

锺叔河

（1996 元旦）

四

秦颖先生：

书收到了，应该说是一本好书。我看过"文革"前商务出的那本传，所以暂时还不会读这一本，但还得好好谢谢你。

隔壁搞基建，天又闷热，坐空调房也不舒服，所以只能草草，请谅。

握手

锺叔河

（1998.8）

五

秦颖君：

寄来书三种十四册今天收到了，深以为谢。《昆虫记》能够这样出，虽然前后两种还来不及比较对照，就凭这一点，也就不让汪原放在"亚东"印了程甲本又印程乙本的壮举专美于前了。

寄去的《念楼集》，有的篇目是和前寄的《偶然集》重复的，因为我不喜欢湖南文艺出的那一套什么《文艺湘军百家文库》，已将我的一本在我自己心目中"撤销"了。几月后还有一本新《偶然集》在南京出版，袭其名而实不相同，也就是不喜其书却还舍不得其名的意思。

另寄奉《念楼学短》一本，所"写"的古人之文，我觉得都是可以反复读的，至于我所写的"念楼曰"和"念楼说"，当然和古人相隔云泥，但自己觉得有的也可以看看，不是作为"古文今译"，而是作为我写的文章。

你出的书，装帧都好，版式却稍嫌拥挤。《昆虫记》卷首插图夹了几张彩色的，也不太妥当，尤其是红花绿叶（又没有印好）那一张。我不喜彩色照，也不喜铜版纸，当然像《念楼学短》那样印得模模糊糊也不好。

另一册请转交杨向群，即问
近好

锺叔河

6.2（2000）

六

秦颖先生：

照片收到，谢谢。

丰一吟的名片寄上请收。（此名片背面为丰子恺替她画的像，时年五岁，现已七十五岁了）。但时隔数年，有可能搬了新居。是否先写个信去，先别寄钱。

即请

近安

锺叔河

十六日（2001.2）

七

秦颖兄：

《昆虫记》十册收到，此乃吾兄一大功德，但集体翻译不知译笔总体水平如何，我只看过周作人译的几段，持之相较当然不免有差距。但无论如何《昆虫记》在咱们这个东方大国总算有了全译本，虽可悲，亦可喜也。

你父亲和孙雍长合译的庄子，因为《大中华文库》选评，叫我写评审意见，读了几节，觉得在可读性上比陈鼓应译的好。

《塞耳彭自然史》记得给我寄一册，读后如译文差强人意，当为写一小文。《昆虫记》则篇幅太大，一下子难得读完。我正在搞《学其短》，他事废弛久矣。匆祝

佳胜

锺叔河

4.4/2001

八

秦颖先生：

我去年十月到广州签证，曾到出版社见过杨向群等同志，也想见见你，不巧未能如愿。十月底我就去美国了，住了半年多，一直到前天才回长沙。

回来就见到了你寄来的《塞耳彭自然史》，十分高兴。但展读还得在处理大量积压事务之后。好书自会得好评，恐怕已经如潮之澎湃久矣，我是迟到了。

会有一本小书送给你，等过些时候统一寄到杨向群处请她转送，先此奉陈。即问
佳吉

锺叔河

5.9（2003）

九

秦颖同志：

杨逢彬书话"文汇读书"① 尚未刊出。我近两三年为该报写稿甚少，联系基本上没有了，也不知他们会不会登。在湖

----

① 指《文汇读书周报》。

南出版内刊上，倒是登出来了，现寄上请收。如你觉得写的还行，又有报刊可以投寄的话，似乎可以复印了寄去，说明是发在内刊上的，故并非重复也。杨逢彬处我也会寄一本去的。

即颂

文安

锺叔河

三月一日（2004）

十

秦颖先生：

赠书收到了，请止庵先生编选周作人，可谓得人。请朱正先生编选朱自清也一样，都可为你祝贺。

序文倒三行"窃比我于老彭"一语，应是"窃比于我老彭"之误，此当是贵社校对之疏忽。如今找好校对实在不易，我近年出的书中，此类毛病亦留下不少，如灰尘入目，实在不舒服。

小书一册，聊当报琼。此类小文，被目为古文今译一流，是中学语文老师的作业，不足供大雅一笑，但又没有别的书可以贡献，只好不怕丑地寄上了。匆匆祝

好

锺叔河

9.16/04

十一

秦颖兄：

寄上小文一篇，请审政。

"会当长夜眠，无复觉醒时。"哈理孙这两句诗，在人生末了时，倒真是一种理想的境界，但热衷"事业"者恐难企及也，也不知我自己能不能做得到。

即请

著安

锺叔河

4.16（2008）

十二

秦颖君：

《小西门集》承你关心，交花城出版社，不巧碰上新旧社长交接，一直未能定议，拖了三个多月，最后张懿告诉我已可以签合同，我却等不及已经交湖南出版了。其实我并不想出书都在湖南，别人看起来像吃照顾饭似的。张懿对书稿倒是真心看好的，我很谢谢她。已寄给她一本。现再寄给你一本，因为更该谢谢你。

专此，即问

近好

锺叔河

8.5/2011

（样书一百本，最近才发齐，开头只给十本）

十三

秦颖同志：

照片收到为谢。其实那张大头像照得还是很好的。

朱正到过我家两次，我还没去看过他，他后天要走了，今天准备到美术社去看看他。

即问

近好

钟叔河

2.10

致范笑我 ① 三通

一

范笑我先生：

　　承赐秀州书局简讯，"莎士比亚"等条极有趣味，看似不登大雅，实则入木三分，实在可说是今之世说也。我不配称文人，于文坛中亦绝少交往，故信息不灵。"简讯"竟从未看过。贵书局虽耳熟，亦愧不详知究竟。而先生不遗在远，十分感谢。《随园食单》《闲情偶记》《辛丙秘苑》我也想各买一本。请示知价目即汇款乞为代办，多谢多谢。即颂文祺。

钟叔河

11.5（2000）

二

　　嘉兴过去没有到过，也没有过什么姻缘。我多次经过浙江，但都只在杭州打住，见闻偏狭，惭愧得很。金蓉镜在湖南做过官，反满的烈士禹之谟，便是他在靖州知州任上严训处死的。他还将讯传编成一部《破邪论》。我有抄本。当然这不影响金的学问文章，不过这是其生平行事之一。《越缦

---

① 范笑我（1962— ），浙江嘉兴人，曾任秀州书局负责人。

堂日记》有无印本，影印原本则太贵了。《花随人圣庵摭忆》则缩印，字太小。看起来太费力了。书名照范用意见最好，苗子的字不用亦可惜也。祝好。

锺叔河
2001.2.8.

三

范笑我先生：

　　我即将到米国①女儿家去休息几个月，回国当在明年春夏之交了。简讯②如能续寄，我家里有人会代收并摘要在网上告诉我的，谢谢！又拙作《念楼学短》本月中即将由湖南美术出版社出版，我已嘱该社寄上样书，我自己觉得这书印得还不错，估计销路应该比送米图卷子③好些，如该社能提供书，希望秀州书局能销一些。因为我来不及给朋友们送书了，有个地方卖也好。明年再见。

　　祝好。

锺叔河
20021010

---

① 指美国。
② 指范笑我主笔的《秀州书局简讯》。
③ 指《林屋山民送米图卷子》。

致禾塘^① 一通

禾塘:

《分湖》^②封面素雅，子仪画沈曾植故居简秀而能大气，尤为可喜。内容亦出于当地，介绍褚问鹃、袁了凡、叶楚伧（还能兼及午梦堂、眉子砚故事）诸名人固佳，能使我见所未见如芦墟桥上的对联，则更为感谢矣。范笑我的题记寥寥三四十个字，抵得上抒情写景大作一篇，此种文体古已有之，值此"大道理不怕写得长"之际，小小民刊能够存亡继绝一下，也是做了一件好事。总之，对于你们三位^③的努力，我是十分看好的。轮流主编也是好办法，更能表现各自的个性和各地的特点。有个性，有特点，也就有了存在的空间和理由。来信末署"庚子冬至"，雪莱不云乎: 冬天如果来了，春天还会远吗？民刊实在是出版自由的嚆矢。我年九十，依然乐观，就是因为有你们和夏春锦等年轻的朋友，成功本不必在我也。匆匆握手。

庚子冬月十二于念楼（2020）

锺叔河

---

① 禾塘（1962—　），本名蒋国强，浙江嘉善人，文史作家，嘉兴玉茗曲社社长。
② 分湖书社出品，创刊于 2020 年。
③ 指子仪、张建林、禾塘，系《分湖》创办人。

致左鹏军① 二通

一

鹏军先生：

五月返湘，过长时欢迎赐顾。

"书话"已重新编过，比原版好些，但书价实在太定高了，此非我本意也。

《中国本身拥有力量》，请为我买十本寄下，书价连同挂号邮资乞不客气地明示（因邮资看不清），不过请费神包好，勿使寄坏，谢谢！

您对我的情谊，使我感动。我其实是一个极普通也并无多本领的人，不过生逢其盛，有一点经历，因此也就有了一点自己的体验，如是而已。

我家电话已改直拨 4411187，这是须得立即告诉您的。

匆匆即问

春节好

钟叔河

1.8/98

---

① 左鹏军（1962— ），吉林梅河口人，华南师范大学教授。

二

鹏军同志：

　　书收到了，十分感谢。你既然执意要相送，我就不矫情了。待天气好转可以去邮局寄书，我将寄点新出的书给你，也算是投桃报李吧。

　　等待着在长沙的会面，专此即祝

新春快乐

锺叔河

1.20/98

致李传玺 ① 二通

一

传玺先生：

　　大作及大示收到，把我写得太高太好，读之愧怍，但关爱仍使我感激也。我还不会电脑，老妻的信箱是：（编者按：略）但她亦常须短期住院或去女儿家，未必每天打开也。

　　唐元明先生见到时乞代问好。

　　即请

文安

锺叔河

12.21

二

李传玺君：

　　遵嘱将胡序复印寄上请收，我今年已八十六岁，日暮途远，草草乞谅。即问

佳吉

锺叔河

三月一日

---

① 李传玺（1963—　），安徽六安人，中共安徽省委统战部部务会成员、二级巡视员。

致桑农^①　一通

桑农先生：

　　谢谢寄来好书。其中有的篇章，过去发表在杂志上即已拜读过的，很是佩服。中国士夫谈到女诗人、女词人，总不免轻薄，当然这和古时女诗人、女词人多数都是（不能不是）鱼玄机、薛涛一流的历史事实有关。现代文人亦多是士大夫的子弟，"红袖添香"总是他们挥之不去的理想。大作却能一扫新才子们的"流风余韵"，把女作家当作作家、把女人当作人来看，光凭这一点，我就不能不表示佩服了。附上小书一本，聊充报琼。即颂

著祺

锺叔河

2012.4.6 于念楼

---

① 桑农（1964—　），安徽郎溪人，安徽师范大学文学院教授。

致曹亚瑟 ①　一通

亚瑟先生:

　　谢谢寄下笺纸,但我觉得写毛笔还是"土"点的纸好,大概也只有日本人那样的蠢人,才会还用纯手工拿楮树皮来制"一萝笺"这样的纸了罢。匆匆祝

好

叔河顿首

---

① 曹亚瑟(1964—),江苏宜兴人,《东方今报》副总编辑。

致胡劲草 ① 三通

一

小胡：

收到了照片十九张，从摄像机上"印"出来的质量较好，希望再寄些把我。你知道哪些对我的书有用，十九世纪美国的景物、机械、车船等都需要。所嘱之事，一定会做到的，请放心。

你要的二十二张李鸿章照片，八和一二二袋内没有底片，估计可能是曾拿出来放大作用，忘记放回袋中了。清找要费力费时，但我会继续找。其余二十张，已清出底片，过些天出版社帮我扫描出正片来，即可寄上。

你对古文献和中外交流史事感兴趣，今后合作的机会会有的，只要我还能做事的话。

匆匆祝

好

锺叔河

6.27/03

我是叔河，不是书河，请勿弄错了！！！

---

① 胡劲草（1968— ），江西南昌人，中央电视台《新闻调查》编导，高级编辑。

二

胡劲草同志：

你好！

现请湖南文艺出版社欧阳强同志寄上照片二十张请收，都是他制作的，有事请径与他联系。

你处一定还有我的丛书可用的照片，希望能再提供一些给我。

我现在极忙，匆匆请谅。即致

敬礼！

锺叔河

7.8（2003）

三

劲草君：

谢谢寄来挂历，奥林佳话，如能拍成好的影视，当然很有意思。祝你

心想事成并问

春节好

锺叔河

1.7（2007）

致邹农耕 [①]　一通

农耕先生：

　　"管城侯"曾写交金鉴先生，他已远行，自然无法找到了。近日杂事烦冗，来信积久未复，深以为歉。得暇匆匆写就寄上，不堪入目，恐须另觅能书者书之矣。"赞笔诗"和旧笔须稍缓时日，乞谅。图章钤于另纸，字不能用，这就留给先生作个纪念可矣。即候
文祺

锺叔河顿首
十一、六

---

① 邹农耕（1968—　），江西进贤人，《文笔》杂志主编，中国文房四宝协会副
　　会长。

致韩磊 ① 一通

韩磊先生：

谢谢您寄下《新京报》，更谢谢您寄来了李锐同志的照片。很高兴他还是那样健康和快乐。

寄上《南方人物周刊》二份，一份呈览，另一份请转交李锐同志。因为文中提到了他和李南央，所以希望他们父女俩也能看一下——因为有了您这座桥，不然也就未必想到送给他了。

我其实志不在写作、出版。太平时只想凭一门手艺混口饭吃，做一个散淡的人，多读几本自己感兴趣的书（考古学、树木学……）。而事与愿违，势逼处此，才做了这些事情，亦不足道也。《李锐画传》设想甚好，从所寄照片看，您的人像摄影水平也不错。为李锐这个历史上将会永存的人物立画传，您的画——摄影亦可永存矣。匆匆祝好。

锺叔河

7.23/09

---

① 韩磊（1968— ），河南洛阳人，《中国电力建设报》高级记者。

致方韶毅 [①] 七通

一

韶毅先生：

寄下两书很可以看出先生独特的视角。像伍叔傥、林损这些人，我甚愧原来知之甚少，初读之后，始觉得要了解近百年来的文学和文化，这种无知的确是要不得的。这一点，真使我钦佩不已。

书的编印质量也值得肯定。你说过你是一个"追求完美的人"，这又是我非常欣赏的。

《年谱》P.593 末段"钱锺書"两次印作"钱鐘書"想系校对失误，这当然怪不得编者，但总是白璧上一点小小的灰尘粒子。《隐者录》P.18"长沙并未属于湘西"，话并不错，但衡阳也"并未属于湘西"，王船山却把他在石船山下的居处叫做"湘西草堂"。因为湘水自南向北将衡阳和长沙的城乡中分为二，所以这里住在湘水西边的人也可以说自己的居处在"湘（水之）西"了。（我四九年前也住在长沙城"河西"岳麓山下）。P.33 最后一行（於允为转达）亦恐系"余允为转达"之误。这当然又是校对的失误。P.38 开头几行中的"林公度"则恐怕是刘半农自己这样写的吧。我自己的书

---

① 方韶毅（1971—　），浙江温州人，文史作家，《温州人》杂志副总编。

中，亦常有错字。奉上此册，请随手改正并赐示。感谢感谢。
即请

文安

锺叔河
十一、十四（2011）

二

韶毅先生：

读《伍叔傥集》，对附录部分尤感兴趣。《温州文献丛刊》能这个样子出，比湖南如今搞的《湖湘文库》强过百倍了。

你说要我写夏承焘、董每戡，都无法应命，因为一九七〇至一九七九年我一直在看守所和劳改队里关着，等到七九年平反回长沙，已无缘与他们相见了。

上次我在信中对《瓯风》错字提了些意见，其实我也知道大都是输入时的技术差错，与编者是无关的。但因为对《瓯风》爱之深，故尔求之切，总希望连这类疵点都没有才更好。我自己的书在各处出版者，差错比《瓯风》还多得多，今天接到重庆云阳县一读者来信便指出了二十多处。

此信纯系读"伍集"而发，不必复信了。即请

编安

锺叔河上
十一月卅日（2011）

三

韶毅先生；

　　新刊收到，午睡时间先将《别册》看过了。特稿两篇，极有价值。先生卓识明见，真堪佩服，而版式疏朗大方，亦使人五体投地也。谢谢谢谢。

　　别册第一种不知尚有存书否，亦甚愿能得一本读之也。

　　第六面第六行之"李超麟"疑当是"郑超麟"，第六十二面之六至七行"壮多浮鹜"，"鹜"字亦疑当作"鸷"。提出谨供参考。

　　专此即请

编安

锺叔河顿首
十一月一日（2013）

四

　　《谈吃》只是本小书，你愿意做，我也愿给你做。我向岳麓书社要的是百分之六，因为八九年台湾百川书局就给我百分之六了，不知你能行不？匆此即问

佳吉

锺叔河
12.17.2015

余佐赞先生统此问好。又及

五

我从未习字，写得很难看，纸越大越难看，故从不敢给别人写字，乞以后勿再要我勉为其难了。复信在《周作人美文》扉页上，乞察览。

此上

方韶毅君

锺叔河

乙未冬月十八（2015）

闲坐东篱下，独酌不成醉。

回首看鸡虫，领略蒙庄意。

此知堂题画诗也，他的诗其实只是杂文的另一体。抄呈韶毅君，想必有同感也

叔河（2015）

六

韶毅先生：

合同二份已签章寄上请收，身份证复印件只寄一份供社方留存，我这里即无须了。又付酬方法我又改了一处，此系通行作法也。

周家合同签定后请即告知，以便寄上全稿。

我的字实在写得不好，过誉只增惭悚也。匆匆不尽即颂

佳吉

锺叔河顿首

十一日（2016.1）

七

韶毅先生：

《谈吃》增编全稿一百五十页寄上请收。

P.1 为序言，新写的《增编题记》附写于原有《编者序言》和《重版附记》之后，请审政。

P.1—2 为目录，共收文一百八十八篇，原有的九十四篇以○标志，不另发稿。目录按写作年月日排列，原书偶有失序者，请依目录次序调整。

P.3—150 为此次增补的九十四篇正文。其中九十三篇均从拙编《周作人散文全集》辑出，据《全集》复印，只有第一百七十一篇是我亲自从鲍耀明氏自费印行的《周作人晚年书信》节录的。各篇的写作年月日均于文末注明，原书中的文章亦应照此处理，可由我在看清样时来做。文章需要特别说明者，均已于题下以［编者按］说明，亦请审政。

收到全稿即请过目，并回信示知。即候
编祺

锺叔河即日（2016.2）

校样务请寄我一看，封面、扉页设计稿同样寄我一看（要早寄），记得在扉页前加一页白纸。

致赵柱家 ① 五通

一

柱家先生：

十六日来示奉悉。愿读拙书，便是知己，惠款断不敢领，谨以纸币夹在此信中璧还，汇单则尚待国庆后往邮局领取也。《偶然集》和《锺叔河散文》已无多余，无法相赠，歉甚乞谅。

即请

文安

锺叔河顿首

9.30 / 08

二

柱家先生：

《名堂》一、二期收到为谢。

湖南省国资委有一年轻干部，以一人之力，编了一个湖南人文丛刊《湘水》，还算精致。但我觉得它的文学性太强，地方文化的内容不足，有点像是个散文刊物。

---

① 赵柱家（1962— ），山西应县人，民进山西省委办公室主任、二级巡视员。

　　我的电话号码前应加一个 8，就对了。

　　今年已八十有三，日渐疏懒矣。

祝好

叔河顿首
四月二日（2013）

三

柱家先生：

　　《谈龙集·〈忆〉的装订》一文遵嘱复印寄上请检收。近日诸事繁冗，贱体亦不争气，但为周^①、丰^②两先生的事情效劳，乃是责无旁贷，内心亦甚愉快，惟愿大作早日面世，为读者造福也。即候

著祺

锺叔河顿首
十、三十（2016）

四

柱家先生：

　　谢谢寄来"沁州黄"小米，当烹食之。其实代为复印知堂文章，乃我愿做之事，无须酬报也。书四本遵嘱题字签名寄上，唯"读书是福"四字画完后，又添上了一条是"是福

---

① 指周作人。

② 指丰子恺。

么"，既是玩笑，亦是真的质疑也。寄书并不为难，邮资百元璧还，但包扎颇为费力，身边并无助手，此类事均须亲自动手，八十五岁衰翁不免有些畏难耳。敬请鉴原。即颂
文祺

锺叔河顿首
十一月廿七日（2016）

五

柱家先生：

尊编于刊布插图原作的同时，又能选登丰氏的文字，具见高明，十分佩服。

从前的读者读丰子恺，本多从文字入门。抗战时念初中，国文教科书选有其《忆儿时》篇，缕述家中养蚕、收茧，语及吃糕、吃枇杷……读之忘倦。文末引《西青散记》"自织藕丝衫子嫩，可怜辛苦救春蚕"，引起了我对古人笔记的阅览兴趣，更是至老难忘。

一九五〇年春节后，上海《亦报》连载周作人《儿童杂事诗》，丰氏为作插图，从此即倾倒于其画艺，逐日将巴掌大的一块一诗一画剪存。四十年后为作笺释，至今已印行五版，逾六万册矣。

中国素重文人画，画者无文，即不足道。丰氏为中国自有漫画以来文人漫画空前绝后的代表，其漫画之所以能超迈时流，实得力于其文字与文心，皆今漫画家远不能及者也。

蒙远道寄书，专此致谢，附陈鄙陋。即颂

文祺并贺

春祉

锺叔河顿首

二月十二日于长沙念楼（2019）

致唐吟方 ① 一通

吟方君：

　　我不能写毛笔字，但你远道寄书，亦是青及，故不能不写两小张，其余的花笺原件寄还，请谅。茶叶和钱，本来是不该寄下的，钱以发快递，还有多余，亦以寄还。茶叶无法包寄，便只好愧领了。即请

近安

叔河顿首
八月十九日

---

① 唐吟方（1963— ），浙江海宁人，现居北京，曾任《收藏家》杂志编辑、编辑部主任。

致薛原 ①　二通

一 ②

薛原先生：

　　寄上本月份《文学界》抽印本一份，其中善意的吹捧不足道，"智者"更是纸糊的假冠，一笑置之可也。但《读书杂记十八篇》却是我的近作，请批评指正。还有"言论""答问""自述"和"说明"，也是我的自白。杨绛的来信则未经她的授权，请勿再传了。祝好。

锺叔河

7.27/05

二 ③

薛原兄：

　　必改者只有两处，即小序和插图。插图"流沙河"非改不可，原图布置亦不妥，且太难看（全是我的责任），不如集中介绍三幅"滚灯"，将图幅放大，说明文字的位置调动

---

① 薛原（1965—　），本名薛胜吉，山东青岛人，《青岛日报》副刊编辑。
② 此信写在《文学界》2005 年 7 月号"锺叔河专辑"抽印本的封面上。
③ 此信是锺叔河审校《笼中鸟集》二校清样后寄回清样时附的修改意见，此书 2009 年由青岛出版社出版。

一下，便会好看些了，重印时并盼能换厚点不透印的纸为好，均请卓裁，有事打电话问我就是。谢谢！

敬礼！

锺叔河

8.18（2009）

（如此改后，我拟购 180 本）

致萧跃华 [①] 九通

一

萧跃华同志：

电话中告诉你写了的字，因家中忙乱，过节前后来去人多，恐你来时我不在家，岂不害你浪费时间，想想还是寄给你为好。收到后请电话（编者按：电话号码略）告诉我一声。即颂

文祺

锺叔河

1.3/2012

二

跃华兄：

各书均已奉命题签，当作“填充物”的四本，则我留下两本做重印周书的样本了。勿祝

多吉

锺叔河

[①] 萧跃华（1965— ），湖南安化人，主任编辑，大校警衔，现任北京日报社副社长。

二月二日（2015）

书^①是肯定给题过了一本的，我总不能凭空题这么几行去登在《左右左》上头吧？你为何"没这个题跋"，只能问你自己吧。

三

跃华君：

此信本不想写，书就交王平了。但转念一想，你为我买了书专递寄来，那我就为你寄书写信也是该的呀。但朱自清的书与我确实扯不上关系，那题词就免了罢。港版（古诗）十九首未见寄来，这一本"没收"亦无道理也。我给董宁文的对联《文汇读书周报》已发表，想已见到。余删，即问近好

锺叔河
三月一日（2016）

四

萧兄：

你的书，有一本《施公案》没有写字，还有一本《诗经注释》也无法签（因为我只读了诗经，没有涉及周先生的笺注），我把它留下了。我送你的书放进去，也放不进这本了，特此说明。匆匆祝

---

① 指《曾国藩家书》。

好

锺叔河
3/9（2018）

五

重经丁酉，已入暮年，愈加疏懒，萧君却屡索题记，甚以为苦。但转念一想，他也是在督促我"一息尚存笔莫停""小车不倒只管推"罢，于是仍在此^①多写几句。希望他自己更加努力，把想写的书早些写出来，如能让我在告别人生前读到，那就好了。戊戌小暑锺叔河寄于念楼。这大概是我最后的一本自选集了。此上萧跃华君。

叔河
7/8/2018

六

萧兄：

挽李锐联两首遵嘱抄呈（编者按：此录其一），有一首写时又有改动，当以此为准也。匆匆问
好

叔河白
三月十二日（2020）

---

① 此函写在《念楼随笔》上。

李锐千古

　　生来是湘灵湘累复生，千古悲歌龙胆紫；

　　死去有楚户楚魂不死，万民痛哭寸心丹。

锺叔河挽

　　彭国梁送给我的藏书票一套转奉，据说是欧洲最古的书票的复制品，可见当时风尚。五四时文人（刘半农？）说过，欧洲古代贵妇人，外面的裙子华丽厚重，里面却不穿裤的。此说无从检验，从这些书票看来，也许真是如此一回事吧。又及。

叔河上
庚子二月十九又及（2020）

七

萧君：

　　谭君曾寄我好纸，今天开始用来写字，觉得第一张应该写给他，却忘其地址，所以寄请转交，那么也得给你写一张了。匆匆问

好

叔河顿首
庚子三月初一（2020）

八

　　题诗（附后）以此为准，夹在曾氏家书中的和原来写在大纸上的，均乞拉杂摧烧之，万勿将其示人也。此上

萧君

叔河顿首

五月廿三日（2020）

题铜官古渡暨唐人写瓷

其一

长沙胜地有铜官，诗圣曾经呕肺肝。

昔日水师鏖战处，江流犹带甲兵寒。

其二

唐人情重本多诗，情坚如石石成瓷。

石破天惊情不灭，诗句长留无尽时。

　　长沙北四十里之铜官古渡为湘北要津，杜甫行经有诗传世，湘军水师于此苦战，曾国藩以死勖士，《铜官感旧图》记之甚悉。唐时铜官窑瓷远销海外，瓷上题诗尤有名。萧湘先生研寻瓷诗垂四十年，老而弥笃，为题二绝以志仰慕之忱，荒疏拙劣，不免贻笑，亦在所不计也。

庚子叔河

九

萧兄：

写几个字，当然不会"很为难"，今即写奉请收。

令郎文笔可圈可点，但"五味杂陈""捧腹大笑"，我并不乐见于小学生作文中也。"碧落方仪之迈，玉嶂沧渊之间"，则更嫌造作，亦近不词矣。对名著的质疑，我却非常肯定，"真搞不懂它怎样成为名著"，心中如此想，照实写出来，这就对了。对老爸提意见的信也该获奖，"知错能改善莫大焉"同样是句套话，用在此处则成了调侃，正好显现出平等融洽的亲子关系和孩子"不知轻重"的天真有趣了。总之，我这九十老翁对于贤乔梓的期许是相当高的，故不愿庸俗的捧场，得讲几句直话，请谅。即问

近好

钟叔河

2021.1.4

致董宁文① 十六通

一

宁文先生：

信和七期都收到了。

"卷子"一定会为文介绍，但须推迟，因为我的《念楼学短》出版社催付印，三百篇短文尚须一一改定，有的则要改写，得忙上一段。

先此奉告，请勿急也。

最近写了一篇关于《西青散记》的文章，本想先寄给你作为长期寄刊的回报，可是打印出来一看又太长，有三千多字，可能对《开卷》不大适合，便搁下了。

匆此即问

近好

钟叔河

7.23（2001）

---

① 董宁文（1966—　），江苏南京人，《开卷》杂志执行主编。

二

宁文先生：

惠寄《开卷》收到为谢。

拙编一册谨敬奉呈。此书原来只打算介绍一下算了，并曾应允寄《开卷》，后来北京的朋友黄松等见了原件，想要印书，碍于友情便将全稿和我写的前记、后记、介绍文章都交给他们去处理了（他们将前记、后记送到《书评周刊》发表时，该刊连我的名字都写错了）。失诺之处，尚祈原谅。

样书我还只得到十册（书在北京印、发，岳麓只提供书号），先送上一本，略表歉意。请笑纳。即颂

编祺

锺叔河

4.29（2002）

三

宁文先生：

七月二十八日信及第七期收到了。

我的稿件，可先将选定的（不拟多选，只拟选几万字普通读者乐意读的）篇章（如寄上的四篇）全部寄你，由你再选定后，再编目写序。书名想选一篇篇名以充，如"念楼的竹额"或"琅玕珍重付春君"，你看如何？

如果你们已经设计确定了版式，则选定篇目后由我在长沙找人排好版，校对比红后做成软盘寄你，则此册在八月底

九月初便可以付印了。长沙我可找省局直属厂做，工价不会比南京贵。仍由厂方开出正式发票，交软盘时付清款项。

我刚刚付印了一本书"学其短"①，便是这样做的，送上校样一张供检阅。这样篇目由你选定，校对比红都由我做，你就省事了，我也可以在一校同时改文章，校对也可以比工厂校对认真，而且可以减少你寄校样给我看，我校后再寄回给你的麻烦。这样行不行呢？

"学其短"稿亦多在报刊上发过的，但出版社仍对此书看好，拿到深圳去印去了，估计八月间便可出书了，届时自当寄请指正。此书是在范用的怂恿下做的（范给我的信附上），"学其短"在《文汇报》"笔会"和"读书周报"上发表过不少，据说还受欢迎。新集中也准备选入几篇。

匆匆问

好！

锺叔河

8.4（2002）

（我十月底要去美国住半年，故必须赶快。）

四

宁文先生：

目录已编好寄请过目。四十四篇共计约十万字，没超过你们的范围。本想再选十来篇发表在《文汇报》上的"学其

---

①　此指《念楼学短》，湖南美术出版社 2022 年 8 月版。

短"，那样便超过了。

书名想叫"偶然"或"偶然集"。过去我用"偶然集"这个名字印过八十本书送人，但未上市（老出版单位，无书号，无定价，未征订）。而此书名我很喜欢，还是想认真正式地用它一次。四十四篇中有三十三篇都是那一本所没有的，所以并不是重复。

文稿已交付录入，大约九月初便可以校对了。小序须等书名确定后再写。

长沙排版工价是七至十元/千字，交软盘时即须付款。如要交片子，则须加钱。

不知书由哪一家出版社出版？要不要签一个合同？

匆匆即问

佳吉

锺叔河

8.29（2002）

目录的次序及个别篇目可能还会有变动，须待交稿全部排版以后也。

五

宁文先生：

寄上小序、改定目录、插图说明，请收。

这里录入、校改都搞好了。前说九月初可以确定版式，但到今天还未收到，工厂催着要排版交光盘结账。请你见信后即打一电话给我：

（编者按：电话号码略）

以便商定下一步工作。

　　我已买好十月二十九日从上海飞旧金山的机票，十月二十五日即须离长赴沪。

　　匆匆，即请

编安

锺叔河

2002.9.16 夜十时

六

宁文先生：

　　《偶然集》的插图、目录、说明有点修改，原①②不再作文内插图，而在目录之后加四个页码作为卷首插页，将①②和作者近照、三个漫画像和一首题诗（知堂的）组成。这四个页码我已设计好了，当与正文、插图一起付上。插图现为二十九幅，均已编号并写好文字说明。再校改一次后即可制成软盘寄上，请即告知：

　　1. 软盘寄去地址及邮编、姓名。

　　2. 发票抬头。

以便寄奉。专此即候

编祺

锺叔河

9.23（2002）

七

宁文先生：

目录是八月二十九日寄给你的，今收到九月一日信和第八期刊，则你尚未见到，现在想已见到了。

看了第八期上蔡玉洗先生讲的话和不少作者争取加入"文丛"的信，觉得我的目录恐尚须调整。序言则须等书名定后才好动笔。版式、出版者……诸端亦望早点告知，尤其是第一辑的作者和书名，是我最关心的，也是决定目录（收文）的"前提"也。（因须与同辑别本合拍也）

这里录入已结束，正在校对、改文。盼复。祝好。

锺叔河

9.10晨（2002）

八

宁文先生：

这个信封的光盘，是我另放放进去的，上面的《列那狐》《滚红灯》和徐悲鸿的画，可能更清晰一些。请选择采用。（图片分黑白、彩色［CMYK］模式，均依原件，未做处理，也没有修饰剪裁去污点，均请作相应处理。）

同时附上我的黑白、彩色照片各一张，无论用与不用都务请退回。

我二十六日离长，有时间还可来电话。

我到美国后的通讯地址为：（编者按：略）

电话和电传是：（编者按：略）

再见！

锺叔河

10.15（2002）

九

宁文先生：

"简介"寄上请收。

"目录"P.2第七行又发现一个错字：儿童的童字错排成章字了。务乞改正。最好您能够将清样审读一过，发现有错可改。（二十六日中午以前我未离长。）

"黾勉写文字，心尽力不随"，是"老虎桥"诗。请注意改软盘。

寄件在出版后请寄回。

一切拜托。匆致

敬礼

锺叔河

10.17晨（2002）

十

宁文先生：

①"目录"P.2第七行的"儿章杂事诗"，章请改为童。

②"小引"最后请加一行：胡颖君不嫌麻烦为我翻拍图片，谨此致谢。

③希望能将清样审读一遍，有错就改（不要忘了改软盘）！

叔河

10.17（2002）

（编者按：此信写于"简介"下方，简介略。）

十一

宁文先生：

数月未通音问，我来美已过百日，还有几十天就要回长沙了。

书应该印出来了吧？这里几个朋友都在等这本书，我也很想能够在这里送给他们，省得回国后再邮寄。所以希望你能按原约寄几本来（通讯处如果忘记了，照信封右上角写就是），感谢之至。

《开卷》上的序言，我家人已复印寄我，但这几期如有有关的讯息，亦望能简告。

样书、购书和稿费均请寄长沙。

祝

新春禔福

锺叔河

2.6（2003）

十二

宁文先生:

您好! 我来美已满半年, 即拟于四月底离此, 前往加州小驻。五月六日飞沪, 五月九日就回长沙了。

《偶然集》不知出书了没有? 专递快件由中国到美国也要一个星期 (航空信要半个多月, 海邮则三月二月不等), 来得及的话还是请寄二本, 来不及就请全寄长沙算了。

回长沙后琐事必多, 恐无暇提笔, 有事从五月八日起可电话到 (编者按: 电话号码略)。

即问

春安

锺叔河

4.17 于美国华州 (2003)

十三

宁文先生:

寄奉《念楼学短》一本, 此书我觉得还有些意思, 因为它并不是什么"古文今译", 而是借古人的酒杯浇自己的垒块。在《文汇报》和《读书周报》上登过些, 反映还好。你看后如认为可以推介, 可去信劳祖德 (谷林, 100010, 朝内203 号), 请他写点书评。我已寄书给他了。他的文字是最好的。当然也可约范用。

我的地址是: (编者按: 地址略)

书印成后请航空寄二本到美。大批的书则仍寄长沙。图片如能另开稿酬，则请寄 410006 长沙河西新民路 10 号岳麓书社胡颖收。

合同如尚未寄出，亦请即寄长沙。匆匆问好

锺叔河

10.24（2003）

十四

董宁文同志：

临行时收到了名画家田原所画"鸡公榄"，我觉得比寄去的两张都要好，请即换上此张，千万千万！

合同尚未收到，但只要家里收到也就可以了。匆匆敬礼！

锺叔河

10.25（2003）

十五

宁文先生：

《开卷》十期和五日手书均已收到，知书已开印，十分高兴。先寄的一册，希望寄出越快越好。

签名事，有人在网上已经知道了，这在我是不会有问题的。如您拟为此事来长沙，希望能在我见到第一本书确定购书数量并通知您后再来，以便将我的样书和购买的书一并带下也。

　　烦渎之处，乞谅。即颂

文祺

锺叔河

11.18（2003）

十六

宁文先生：

　　小稿一篇寄上请收。

　　"文丛"销得如何？甚以为念。《偶然集》没有拖后腿吧？因为毕竟过去用过这个书名，有炒现饭的嫌疑也。匆祝春节好

锺叔河

1.13（2004）

致张阿泉 [①] 一通

张阿泉先生：

　　谢谢你托萧金鉴先生赠予的新书和《清泉部落》，虽然少有联系，对于你的文字和工作，远方的我一直是佩服的。

锺叔河于长沙
〇九、九、一八念楼

[①] 张阿泉（1967—　），内蒙古赤峰人，内蒙古广播电视台记者、制片人、纪录片导演。

致子仪 ① 二通

一

子仪君：

往昔读杜诗，"天寒翠袖薄"使我伤怀；读晏词，"无可奈何花落去"，亦增惆怅。今读大作《寻找方令孺》，人事已杳，"但是小溪还在，潺潺的流水不会老去……"，居然和从前有了同感，感到了作者对迟暮的同情，对寂寞的同情。

周作人说过："人总是人，人只有人的力量。"元稹《遣悲怀》亦云："诚知此恨人人有。"所以，迟暮总是会来的，寂寞总是难免的。能对此给予同情，并且托诸笔墨，有幸读到的我，便十分感激了。

你在税局工作，好啊。如果老板管的不是税务，而是文事，恐怕我就读不到《寻找方令孺》这样的文章了。

作为回报，寄上《念楼随笔》一册，全系旧作，三年前印成，此系去冬第三次印本，也许勉强可以冒称新书吧，一笑。即问

近好，并问禾塘、音莹、春锦诸位好。

锺叔河

---

① 子仪（1968—　），本名浦雅琴，浙江嘉善人，作家，国家税务总局嘉兴市税务局二级主任科员。

21.1.31

《蠹鱼》三错字颇多，错固难免，但"伍蠡甫"错成了"伍蠡甫"（P.16），"致巴金"错成了"至巴金"（封三）就太不应该了。我如今写信作文都限一张纸，这里还空了两行，便加上了几句，多言勿罪。

二

子仪君：

你好。关于方令孺和陈梦家的两本"专辑"都收到并拜阅了。我从去年七月中风，半身不遂，至今未愈。九十衰翁，早就该死，"康复"自无可能，但一息尚存，能得到这样的好书，只要还能够看，仍然会得要看的，看后仍不能不对你这样的有心人表示感激也。我是三一年出生的，四九年十八岁才入新中国，时为高二学生，也就辍学"参加工作"了。十八岁以前，读过一些旧诗和新诗，老实说真喜欢过的诗人没有几个，陈梦家要算是最为心折的了。这一朵野花的悲剧，最能够反映出现实的荒唐和暴虐，而如今的读者甚至连晓都不晓得，真可以说是更大的悲剧。方令孺、赵清阁，还有我们湖南的袁昌英、陈衡哲，"文艺界"也都把她们淡忘了，言之心痗。总之，我觉得你做的这些事，都是大有益于人心世道的，正所谓存灭国继绝世举逸民也。谢谢谢谢。

锺叔河

2022.2.28 于念楼

致段春娟 ① 十三通

一

春娟君:

信和书都收到了。你说你喜欢《念楼小抄》的文字,我是高兴的。因为写文章的目的本是给人看,当然希望别人能够喜欢它,这才达到了藉此与人交流的目的。

"小抄"还用别的名目在不少报刊上发表过,赠你的《书前书后》中便有几则《学其短》,这里再寄上新近在长沙报纸上发表的几则(用"念楼学短"作为栏名),这些有的也许会收进湖南美术那本书里去。

此刻我正在搞一本叫《林屋山民送米图卷子》的书,也很有味,印成后当寄上一本。匆匆祝

好

锺叔河

2.23(2002)

---

① 段春娟(1971—),山东莱西人,现供职于山东财经大学,副编审。

二

段春娟君：

《童年与故乡》还是五十多年前读过的，今日重见，如逢故人，所以很谢谢你。

奉上小书一册请收，第九十二页上有我一篇小文，聊供一笑。

祝好

锺叔河

3.6（2002）

三

春娟同志：

合同草稿已收到，因你未告知你的电话号码，照信封上的打到总机，接到分机总无人接，也不知你社为何如此不便。

合同第三条，须加上一句，因为我只有编辑版权，知堂著作权在二〇一七年以前必须周家授予也。合同期限，刚和人大出版社签的《知堂书话》合同是五年，我想以一致为好。首次出版定为二年也比较适当，两年内总该要重印了吧。其余一切都照你所拟，现寄去我的修改稿（另一份已改坏了）。收到后请来电话（编者按：电话号码略），这是我白天书房的电话，如接不上则可打（编者按：电话号码略）。

插图我意可找点食物的照片，如《绍兴酒》一篇则可照老式的酒罐或老酒店柜面，宜带民国时期色彩，"当时的插图"则找不到（也本来没有）也。

即问

佳吉

锺叔河

4.27（2004）

四

段春娟同志：

合同已签章，寄上请收。

我正在认真校阅复印件，有不少修改，当在合同规定期限前付邮寄上，请放心。

此致

敬礼

锺叔河

6.1（2004）

五

春娟小姐：

书稿我认真校了一遍（商业出版社版我未校过），改正了不少排印的错字。（如果你们已经照原书录入了，请一定照我改动的地方改过。）排版规格也小有改动，序文则只在后面加了一段，因为文章是越老越不行，现在写还不及十四年前也。收到后请电话告知，使我放心。书的封面设计请注意古雅之美，千万不要大红大绿，搞成菜谱图册了。

希望快点收到样书，如果印得漂亮，我也许还要买几本。

署名请加一个"选"字，署"锺叔河·选编"，因为这本是我选出来的一百篇诗文也。

祝好

锺叔河

六月廿五日（2004）

六

春娟同志：

寄来的画看后的意见，都写在纸上了，供你参考。你找这些画，费了不少心力，很是佩服。有的不切题，我看就不必勉强凑数了。你已经用上了陈师曾的《北京风俗图》，里面还可以再选些，此为卖白薯的一幅，我觉得就比你找的31图更好些。

我手边有一本《三百六十行图说》，是田原用"香烟牌子"（即"洋画"）编成的，他写的文字说明。现复印若干寄上，看能不能选用几张。选用时不必用他的"文字说明"，标题也不必拘泥，反正都是卖吃食的，摆在合适的地方便可以了（当然也不能另拟标题）。（说明"旧香烟牌子"即可）

希望这本书在你手里印得精致好看，这一点我们是完全一致的。匆祝

好

锺叔河

8.4/04

七

春娟同志：

　　寄上画三幅，菱角荸荠也可以用，或以整幅作为插图。

　　我要的书是：《图说义宁陈氏》，今年二月出版的。

　　收到请回信。

　　三张原件均请寄回，别弄坏了。

　　祝好

锺叔河

8/25（2004）

八

春娟同志：

　　你校对甚精，谢谢！个别字不必改，我已注明。总之比《知堂书话》的责编强多了。那也是一位女士，她看原稿还是认真的，但对工厂改稿反而太不仔细。连我的籍贯平江都错成平阳，一处标题的知堂也错成知常了。

　　我正在发《知堂散文全集》稿，这有八百万字，十四卷，此时恐不可能再新编知堂的集子了。

　　我对各部分前说明文字作了些改动，请注意。

　　书眉文字，还是改用篇名为妥，因为"集外文与未刊稿"等太兀突，亦嫌单调也。

　　编者序言必须加标题，还是照正文格式，加上标题，美编的顾虑就不必要了。（原来未加标题，美编的意见亦是不错的。）

正文文字我未校对。

匆复。有事请来电话（编者按：电话号码略）

祝快乐

锺叔河

12.13

九

春娟君：

我查了一下寄书存根，《学其短》已于去年十月五日寄给你一本，想已收到。今寄上我的《序跋集》和我老伴《悲欣小集》各一本，《序跋》是南京出的，销得还好，《小集》则是老伴看见《序跋》有图有文，看起来也还有趣，便自费做来"配套"的，纯粹是为了好玩。这两本书反映了我们两夫妻的一些经历，年轻的朋友们也许可以从中看出点什么来，故送上请哂收。

收到后请告知。

祝快乐

锺叔河 3.20/05

十

春娟君：①

这本书本来是不打算送你的，因内容与序跋集略有重复。实乃信封太大，塞不满，临时放进来充楦了。因而又想到 P.65 上有"春君"二字，如能在汉简中再找得个"娟"字，则你可以用这字体刻个"春娟君"的名章，也很有味不是。

匆匆祝好

锺叔河

三月二十日，零五年

（从照片看，你可能比我的外孙女还要小一点罢？）

十一

春娟同志：

《学其短》是去年十月五日寄你的，可能在你们收发室被别人拿走了。现在只找到《念楼学短》一册寄上，收到后请回我一信（或电话），使我放心。

《知堂谈吃》的稿费我尚未收到，请代为查明见告。

匆匆问

好

锺叔河

6.15（2005）

---

① 此信写于《偶然集》的扉页上。

十二

春娟同志：

谢谢寄来贺卡。

《知堂谈吃》，你做得很精致，我们的合作也很愉快。所以知道你离开出版社，我确有些惋惜。但转念一想，你作出这样的选择，必有你自己的理由。一般说来，高校的文化学术氛围，也会比出版社更浓厚些，那么，在新环境中你必有更好的发展前景，这样又觉得该为你高兴才是吧。

汪曾祺的《五味》你曾寄赠一册给我，《文与画》则似乎并未收到。

你其实很可以写些文章，从你选择的作者来看，你是很有文学眼光的。

祝

春节好

锺叔河

1.8/06

十三

段春娟同志：

《汪曾祺》收到了，十分谢谢。惭愧的是我却无新书可以回赠，只好将朱纯走后写的第一则小文检奉，以供一哂。专此

即候

著祺

锺叔河

七月八日（2007）

致王金魁 [①]　十三通

一

金魁同志：

　　《书简》编印俱佳，文章多可读，具见匠心，可喜可贺。版画亦佳，尤其是 P.10 的一帧，最为我所欢喜，谢谢了。微觉不满意的是，封四封三都用鲁迅书简，属于人所共知早已过目的东西，不足为创刊号增色。封一用其像，也还不如用孙犁的，和"创刊词"结合更妙也。正文中宜选刊一些书简，这究竟是"书简"的主体，谈论的文章纵极佳妙，也不宜百分之百也。古人（包括近世名人）的书简，在熟知范围之外的，也不妨介绍少许，如果有的话。浅见未必正确，但既蒙盛情赐寄，知而不言，就不对了。匆匆，即祝

佳胜

锺叔河

〇四年五月二十日

---

① 王金魁（1972—　），河南封丘人，《书简》杂志主编。

二

金魁先生：

寄来三十元，即从三个专递快件将三本书签名后寄回，请收。

你关心拙著，看重拙名，盛情使我既感且惭，而且惭多于感。但我也确实很害怕做寄发信件这样的事，因为对于八十二岁的老者来说越来越力难胜任了。希望这是最后的一次。

　顺颂
著祺

锺叔河
五月二十七日（2004）

三

王金魁先生：^①

此书既已成为尘封旧货，则可读性自然很低，可存之价值更不会有了。先生嗜痴之癖固须我尊重，但连签三本似可不必，谨于此册遵嘱写上我喜欢的旧句一行，请收。其余二本，容后寄还，因我处无大信封也（邮票随信寄还）。

　万卷纵观当具眼

　此语我常思之，以警我浮滑。

甲申秋锺叔河（2004）

---

① 此信写在《书前书后》书前衬页。

四

金魁先生：

寄件收到了，抱歉的是老妻患癌，最近检查发现已骨转移，全家人都为此心力交瘁，实在无法作答了。

谨奉上七月份杂志抽印本一册，上面也许有一部分可以作为"答卷"，请审阅。

即请

大安

锺叔河

8.15/05

五

金魁同志：

《书简》三本收到，朱纯当即便看到了。

《杨绛的来信》一文，想系从《文学界》期刊转载的，你当然是出于美意，但该文在《文学界》刊出后，我们便觉得将杨先生的来信作为文料，而事先并未取得她的同意，有些不妥，现在《书简》上又一次刊出此文，又没有注明转载，我们的歉歉便更多了。

所感如此，不敢不告，当然对你的好意，我们仍然是感谢的。

即请

春安

锺叔河

06.2.6

六

王金魁先生：

惠寄《书简》二册已收到，萧金鉴君尚未晤面，所托要签题的书亦尚未见到，但想必总会拿来的。

兹有一事相求，即《书简》第八期我一直缺收，此次所寄则有重复，见信后请即检寄八期一本，俾成完璧为荷。

谢谢了。

祝好

锺叔河

11.12/08

七

金魁先生：

承寄示《暴方子事迹》[①]，甚谢。《林屋山民送米图卷子》印本，我十年前曾重印过，不久前又再次印了新版，但滑县本地辑印的材料仍是很有价值的。

我确不能书。这"不能书"当然不是说不能写几个字，而是说没有练习过书法，用传统笔墨写出来的字入不了稍微讲究书法的人的法眼，用来题字是不够格的。此非谦虚，而

---

① 指《暴方子事迹题咏集》。

是事实。

这次碰巧正在用自来水毛笔修改封面上的书名（制版的），你又寄来了几张笺纸，所以试写了"简堂简语"四字，你联系能书者甚多，最好还是另选真正写得好的字吧。

即候

文祺

锺叔河

十二月三十日（2011）

八

金魁先生：

大著两本收到为谢，其实寄下一本就够了，我非"毛党"，毛边本当代为奉赠"爱毛人"也。

《与之言集》精装本卖得太贵，并非我意，但愿先生买的是平装本，"附上的空白名片"未见，只好另写一张奉呈。

与彭燕郊先生我无深交，就只有拙文中所写的那些接触。彼此也没有通过信，故拙文尽可转载，信件却无法提供，实情如此，请鉴原为幸。

专此即候

文祺

锺叔河顿首

壬辰大暑于长沙（2012）

九

金魁先生：

蒙寄赠《书简》已收，回赠拙著，理所当然。此处邮政甚为混乱，单位"改革"后收发也混乱了，用快递寄书遂成唯一的选择，因为可以上门来取件，至少不会造成遗失或损坏，亦无可奈何之举也。我不特别喜欢毛边书，只能寄奉《人之患》毛边本一册，外"假书"一册（空白页可作笔记本签名册用），请收。今后如欲得拙作，可电话（编者按：号码略）向段炼购买，反而会比较便宜，用不着寄这么多的钱也。专此即候

编祺

锺叔河

2014.12.31

【附】锺叔河写在《左右左》扉页的题记：

书简是人们交流思想感情和信息的载体，敝省历年出土的楚帛秦简汉牍中，通信占去了相当的部分。纸被发明以后，用笔墨写的信更多。进入"电子时代"，手写的书信便越来越稀少了。王金魁君所做的工作，是想多复制保存一些手写的信札，为后世发掘"流沙坠简"的人留下点资料，我以为是很有意义的。多年来蒙王君寄赠刊物，愧无以为报，特检奉此册，其中的图十四、图十五、图十六，也许可以补充进入王君的资料库，算是共襄盛举吧。《书简》办刊好些年，挺不容易。刊期总得保持正常，内容当然要尽量争取好些更好些，但版式也得尽量搞得整齐干净点才好。这是我作为读

者的一点意见，谨供参考。此上

王金魁君

甲午冬锺叔河于念楼（2014）

十

金魁先生：

《书简》二期收到，称"出版家"愧甚，因为离休已十多年，早就和出版没关系了。直呼姓名最好，一定要加头衔（我以为不必）只能叫"退休编辑"吧。附信已捧读，却不小心不知夹到什么地方去了，今天写回信时找不着，甚愧。我的信件一时无法整理，只有不久前发表在《芳草地》上的小文一篇，内容整个是抄亡友给我写的信，作为研究书信的专家，您也许有兴趣看看吧。我不收藏书票，虽然也喜欢木刻，请代问候宿青松先生。即问

安好。

锺叔河

八月一日

朱纯小书一本呈政。

十一

金魁先生：

《书简》十一辑收到为谢，但第十辑和第八辑尚付阙如，甚为遗憾，不知尚能补寄否？（毛边光边均可，但我更喜光

边，取其易于翻阅也）。

《青灯集》一本寄上请收，《天窗》样书已送完，出版社亦无存书，需要托旧书业朋友才能找到，请俟异日吧。

匆问

近好

锺叔河

十月十一日

题字也请稍待，因我不常用毛笔也，又及。

十二

金魁先生：

书简十八辑收到甚谢。卡片已遵嘱钤章寄上请收。彭君书札我无有保存，故亦无法奉命，乞谅。如今收藏签名本、书札成风，其实这种小趣味，如果有时间有条件又有精力，本不妨偶一为之；刻意当做一件什么事情来作，就大可不必了。浅见如此，亦不知对不对也。即颂

文祺

锺叔河

六月十二日

十三

毛边本的好处，一是满足毛党，二是便于合订（订后切不切均可），三是节省工时。这些在道上人看来，等于赞扬

茶热得好，都是外行话，写供一笑而已。我非毛党，但原出几期如还存有毛边本，仍盼补寄，以便日后合订；如果没了，则以后也请只寄光边的好了。

　　此上

　　金魁先生并问新年好

锺叔河

十二月三十日

致朱自奋^①　一通

自奋君:

　　大概有好几年没给你们写文章了吧（安徽大学卢坡的文章是他自己写的，我未看过，也未叫他写），你们却一直给我寄周报，实在有愧。《林屋山民送米图卷子》的序文《民意和士气》好像也是二〇〇二年你们首发的吧，现在此书经我重新编订后，已经开印了。我又写了一篇文章，寄上请看能不能登一下。如果能，就希望快一点，也希望不要删改，我的文章向来写不长的。如不能用，则盼早点告知，以便寄给别处。

　　另外请告诉我褚钰泉的手机号，他一直给我寄《悦读》，我也想用快递寄本书给他（快递要填手机号）。他的地址我记得是（编者按:地址略），如已改变，也请告知。

　　匆候

编祺

锺叔河

7.12/2011

　　信已写好,忽得知"送米图卷子"^②又发现了更清晰的原本，得重新扫描制版，开印得推迟。文章也不想现在就发给你了,于是换上了一篇,题目如能用"新版前言"更好。但

---

① 朱自奋（1974—　），浙江宁波人,《文汇报》编辑。
② 指《林屋山民送米图卷子》。

也可以用红笔改的。文章最后几句，如果你们认为有点冒犯，也可以删去（我用铅笔括出的）。当然不删更好。书名重复，这种坏风气也该煞一煞了。又及

致王亚^①　一通

王亚：

　　谢谢好意。虽然你写的只是一种境界，一种我虽"心向往之"但却远"不能至"的境界。故愧多于感也。

　　板桥词胜于诗。小时家中有一部司徒文膏刻的板桥手写本，诗、词、画论、家书全在其中的，留下了这个印象。《田家四时苦乐歌》《赠王一姐》等，至今还能背诵。你录的这首《满庭芳》当然也好，"一碗读书灯"却也只能遥想了。

　　寄上小书一册，聊答盛意。序跋没有多少"文"味，只是想请留个纪念罢了。

即祝

多福

二〇一五年七月七日
锺叔河

---

① 王亚（1975— ），湖南郴州人，现居株洲，作家，教育工作者。

致卞琪斌 ① 一通

琪斌君：

编印知堂书信全集，当然是极好的事，我乐观其成也。郑子瑜先生确曾寄我周氏书信，但一则我本只蒐集可以入散文集的书信，二则他寄来的都是复印的抄件，抄手文化不高，错字太多（所寄"杂诗"亦是如此），所以后来收入散文全集的乃是从其他途径觅得的影印本复印件，郑氏所寄虽未作废品处理，也就没有用心保存了。至于周家的授权，那是一定得要有的。原来丰一君在世时，即曾授权我编印知堂著作。后来丰一去世，其遗孀和公子仍认可丰一授权，但却声明只限于授权编辑，与出版社的交涉尤其是报酬都强调得由他们自己与出版社议定（合同）。我本来早已退出出版界，也就乐得只编完自己已经动手的散文集之事，不再包揽其他文字的出版事宜了。周家早已委托中国作家协会作家权益保障委员会代理版权转让，似可直接和该会联系。知注并告，即请文安

锺叔河

十二月十四日（2011）

---

① 卞琪斌（1975—　），江苏南京人，南京老门西文化守望者协会副会长。

致王磊 ^①　一通

王磊先生：

从周实先生处得知，《纸上的纪录片》和《知堂回想录》二书乃先生所寄，甚是感谢。今寄奉拙编"周作人作品二十种"，聊表谢意。请收。顺颂

文祺

锺叔河顿首
九月八日（2019）

周先生说，你还想寄书给我，其实别的书我都没时间读了，如有可能便再寄几本《纸上的纪录片》好了。因此书在长沙买不到也。又及。

---

① 王磊（1975— ），广东深圳人，深圳出版集团有限公司采购员。

致蔡栋、段炼 [①] 五通

一

蔡栋同志：

段炼来，问我要了这本小刊，我请他送你一阅。其中我写俞润泉的文章，就是那次在美术社向你提到过的，后来我看文章太长（有五千字），又讲了□□□成了木乃伊等话，湖南报怕不好登，所以便交此刊发表了。祝
好

锺叔河

5.9

二

蔡、段二兄：

稿子写了一篇，五节共二千五百字。但因为原稿交报纸发表后，以后印书就只能用剪报发稿，故我希望：

①不要删改；

②一次刊出；

---

① 蔡栋，《湖南日报》高级编辑。段炼（1977— ），《湖南日报》原编辑，现任湖南师范大学历史系副教授。

③排版不要太零乱多转行。

如你们能够照顾，请来电话，我即可寄上。如不能够（例如"领导"们有改稿的兴趣，非你们可左右），不来电话便是了，稿子可交别处发表，没有关系也。即问

近好！

锺叔河
3.23

三

段炼兄：

改了几处，均是一个字换一个字，不须推版，请谅。

锺即刻

四

段炼君：

此刻是星期一上午九点半，你寄的报纸仍未收到，但我却在老何寄朱纯的"旧报"里看到了一期你们编的"书缘"，是登了赵焱森（？）的诗集的序文的。因此便将《念楼学短》的自序寄给你了，用的是改后的校样，书下周即可付印了。如不合用，务乞退回。

即问

刻安

锺叔河

周一

五

段炼同志：

　　稿寄上请收。

　　题如觉不妥，可径用副题作标题。

　　谢觉哉四首诗见书中 P.161，我已经把它折出来了。

　　有事请来电话。

祝好

钟叔河

五月二日

致李建新 ①　一通

李建新先生：

我到美国去住了半年，前天才回家，见到您四月九日来信和代为转寄下的刊物，十分感谢。

《寻根》杂志一直还在寄给我，我也是很感愧的。见到编辑部其他同志和负责同志时，也请代为致谢。

匆匆即问

安好

锺叔河

5.11（2003）

寄奉小书一册，聊表谢忱。此书未经我本人校对，可能错字不少，乞谅。因样书不多，其他同志未能一一奉呈，乞谅。

郑强胜同志寄给我的书签，今天也见到了。请告诉他我迟谢了。（去年十月我就出国了。）

---

① 李建新（1977— ），河南新郑人，河南文艺出版社历史文化编辑部主任。

致曾雪梅 ①　五通

一

小曾：

你好！

寄上合同两份，都是已经执行完毕出了书的。我觉得合同以简单明白为好，最好一张纸解决问题，最多两张纸。在这方面，我们也可以"学其短"，不知你们以为然否？匆匆问好。

锺叔河

二〇一八、二、三于长沙

二

雪梅君：

正文我已看过一遍，小有修补，寄上请收。有什么意见，尽可提出也。

我很想快点看到改定后的校样。

匆匆祝

---

① 曾雪梅（1977—　），吉林德惠人，时任现代出版社编辑，现任人民文学出版社编辑。

好

锺叔河

2019.1.7

三

雪梅君：

您好！

书名最好就用"给孩子读经典"这六个字，如果成功了，以后还可以做"给孩子读古文""学古人写短信"……

序言也重新写了一个，三百多字，足够了。最好能 P.2–P.3 两面排完（每段空行），题目就只用一个"序"字。

序重写了两次，较长的一个作废了，但仍寄请一阅，可见我是认真对待您这本书的。

匆匆祝

好。

锺叔河

3.7.2019

四

谢谢寄下好书，幸田露伴为初见，太宰治则是再读了。日本的小说与中国大不相同，同是东洋人，却不同如此，甚可异也。此上

雪梅君

锺叔河顿首

廿五日

五

小曾：

　　你寄来的十本书，我大都喜欢，这说明你出书的取向我是能够认同的。版式因为是为孩子们设计的，大体上我也能接受。骑蚱蜢的想像很有趣，但既已进入童话世界，也就不必着古衣冠了吧，一笑。寄去小书一本，一比十，言回报实在太轻了。匆匆祝好！

叔河

10.15

致朱航满 [①]　三通

一

航满先生：

《风雨中的八道湾》文笔好，引用前人记述也剪裁得好，看后心生好感，你确是一位多才能文之人。

你选拙文出于好意这我相信，未先告知有例可援也能理解，但老师改作文那样的态度却让人难以接受（即蒙不弃视为朋友，自不敢不直言相告）。尤其是将自家的"壁上"改成了赠人的"补壁"，不仅意思相反，而且完全不通，这确实使我有点生气。但愿如你所言，是一时"大意、疏忽"所致。仍望有机会时能顺便说明一下才好。

此信因病迟复请谅。附奉拙笺一册，以答赠书盛情。并颂
文祺

锺叔河

七月七日，二〇一五年

---

① 朱航满（1979—　），陕西泾阳人，现居北京，作家。

二

航满先生：

　　大著《读抄》及大示奉到已久，因病迟复甚歉。标题之事，《开卷》刊文早读到了，具见高风。反思自己，也许过于计较了，但愿能原恕老人的固执吧。知堂文字是我的最爱，所以才编它，才印它，只怪自己材力不济，未能善作善成，有负知者的期望也。兹奉上《知堂美文选》一册，有拙序一篇，希望能予批评指正。海内才俊，能文者甚多，但识见能达到先生水平者，盖不数见。大概文联作协门下受教育太多，既以文字为职业，行文时自不能不更多看老板的脸色，故反不如在各行各业中捧饭碗者稍得自由也。即请
著安

锺叔河

2017.8.14

三

航满先生：

　　信、书收到，奉读一过，甚佩，君之善读多思。拙编能邀青及，即已十分感谢矣。我喜读周书，才编周书，我总认为，喜读周书者越多越好，来编周书者也多几个才好。像八五年前那样，没人编，少人读，那就不好了。年近九旬，来日无多，唯愿后来之英高蹈远迈，做出更多更好的成绩。近出自选集一册奉呈，不堪尘览，但请留一纪念吧。

即颂

佳吉

锺叔河

八月十七日（2017）

致朱晓剑① 一通

晓剑君：

《成都印象》头一句"我是外地人"，也是我写《看成都》时想讲的话，本来也只有外地人心目中的印象才会最新鲜，最深刻，"身在此山中"的人怎么能会？书当然并未通读，但还该谢谢你《想起了林汉达》，他将《项羽本纪》里那句"若非吾故人乎"今译成"喝！老朋友也来啦"，真是神来之笔，使我能想像到在斗争右派分子林汉达时抢着发言检举揭发他的那些"老朋友"，虽然这已经是四十多年（前）的事了。因为不知手机号码，无法以专递快件给你寄书，请谅。春寒，请多珍重，不尽。

钟叔河

2014.3.27 于长沙

----

① 朱晓剑（1979— ），安徽临泉人，现居成都，自由作家。

致戴宇^①　一通

戴宇君：

文集的十本书名和卷次，就这样定了。

集团、社里和双平决定你为拙集装帧设计，我很高兴。

你问我对此有什么要求、建议，我只提三点：

一、希望你能将此作为你比较重要的一件作品，只要你能将它作为自己的作品来做，我便完全放心，坐得现成便是了。

二、要不要手写书名？要不要作者签名？完全由你以设计方案决定，我无可无不可。

三、我说过我喜欢深而沉着的深蓝或茶褐色，说过我倾向平纹稍粗的棉或亚麻布，但仍完全由你的设计方案决定。只要是你用心的作品，我都会高兴接受，一切配合的。匆匆问好。

锺叔河

六、十三

---

① 戴宇（1982—　），湖南长沙人，湖南美术出版社装帧设计师。

致胡竹峰① 一通

　　打油诗须如知堂一九六六年作"春风狂似虎，似虎不吃人；吃人亦无法，无法管风神"方妙。一则谈言微中，发人深思；二则仍出诙谐，读来有趣。大先生"文化班头博士衔"之信口讥弹，薛大爷"一根鸡巴往里戳"之搬浑卖傻，我并不欣赏。某作协主席之"纵做鬼，也幸福"之装滑稽讨赏则更不足道矣。其实好的打油诗它只是一篇好的杂文，知堂后来自称杂诗是很对的。

　　庚子六月廿五日夜热不寐，值友人送来日本"一等笺"熨帖可喜，晨起写此二纸寄胡竹峰君

叔河

　　"一等笺"两页附上，见到时乞为代购十本。

---

① 胡竹峰（1984—　），安徽岳西人，作家，安徽省作家协会副主席。

致戴军^①　一通

戴军君：

　　寄上近出小书一本，为我的"散文自选集"之一。所谓"自选集"，实即炒现饭，差不多都是从以前所出各集中选出来的，但也可以说是自己觉得稍微写得好一点点的文字，所以仍寄请指正。

　　傅国涌君不久前到长沙，到我家坐了一会儿，他说他的"中学""小学"还在选编中，叫我从这本《小西门集》中也选一二篇。我则认为可选者即使不等于零也是无穷小，因为我的学校生活根本不足道，顶多请看看 P.155《读文章》，但也只在开头提到一下（小学）六年级的事，恐怕还是用不上也。

　　校样何时可以寄给我呢？盼先告知，以便安排时间。

问好

锺叔河
七月廿五日

---

① 戴军（1985— ），陕西安康人，编辑，现供职于陕西电子音像出版社。

致夏春锦① 六通

一

春锦先生：

合同签了寄上两份请收。书前彩色版我意即可选印（选字迹比较不太难看的）原信，而切不可用别人的题词之类，恐蹈吹嘘自炫恶习以贻羞也。叫我再写字，希望能将原件寄下，纸张笔墨配不上就更难看了。此事似不必呕呕，因彼此都忙，忙迫中也写不好也。

匆复即候

文祺

锺叔河顿首

六月十日（2019）

一②

春锦君：

寄上二纸③，能收入固好，不收入亦无妨也。我近日极忙，

① 夏春锦（1984— ），福建寿宁人，现居浙江桐乡，供职于桐乡市图书馆，《梧桐影》杂志主编。

② 此信写于 2019 年 6 月 18 日锺叔河致王稼句函的复印件边上。

③ 指锺叔河写给李锐和王稼句的书信复印件。

不多赘，但合同规定仍当照办也。匆匆祝好。有事来信。

锺叔河
6/18（2019）

三

春锦先生：

此次只将我用红笔改动了的页面①寄去，请照此改正。谢谢。

有事请电话，寄件也请先打电话。即颂
文祺

锺叔河顿首
九月廿六日（2019）

收到请电话告我。

四

我本不会写字，尤其怕写多字，《四时读书乐》勉强写呈，以后此类事请别再叫我干了。写坏了的一张附呈，撕之可也。此上
春锦君

叔河
八日（2019）

---

① 指《锺叔河书信初集》清样。

五 ①

春锦：

全文我已校改，请认真核定。书只一百八十面，似乎该用厚些的纸来印。如能用这一页信笺的纸就好了。又来信将贱名之"河"写成了"和"，书上千万不要出这样的错才好。匆匆问好。

锺

10.2（2020）

又：我的手迹扫描质量不佳，请和出版社商量，能否在电脑上作一点技术处理，加大一点黑白反差，使文字显得清楚一些？锺叔河拜托

六

春锦兄：

又写了一张 ②，觉得比前写者稍好一点，不知你觉得怎样，任选一张，另一张撕去可也。

锺

五月廿二日（2021）

【附】

题词（一）：

有所思有所想有话说要交流，才有书信有寸简尺素有电

---

① 此信写于《谷林锺叔河通信》责任编辑何璟致锺叔河函的空白处。

② 指给《书信（辛丑卷）》的题词。

邮，几千年恒河沙留得二三也好，偏凉偏硬的记忆能添点
温柔。

《书信》创刊，理当祝贺，而年老颓唐，写作难超一页
矣。此上
春锦君

锺叔河年九十

题词（二）：

只要还有希望还能够发声，书信的写作便永不会消停，
恒河沙数留二三颗粒也好，管它是寸笺尺素还是视频。

《书信》成刊当贺，唯年老怠荒，写作限于一张纸了。
此上
夏春锦君

锺叔河时年九十

致马黎① 一通

马黎：

你好！很抱歉不能前来杭州，所提问题答复如下，请裁夺。有关报纸（十九日和二十、二十一日）盼能寄示。谢谢！

收到此信后请打个电话给我。

锺叔河
4.14.2019

附【采访提纲】

问：《念楼随笔》是您亲自编选的散文集，选这些文章的标准是什么？

答：选的是我自己比较喜欢，或是想让多几个人看到的文字。

问：大家谈起您，首先会想到您的出版人身份，您编的"走向世界丛书"、周作人的集子，其实您还写了很多文章，如果要对现在的年轻人介绍这本书，介绍您的散文，您会怎么说？

答：我写得很少，也写得不好。但我写的都是自己的所知、所思、所感，都是我自己的话，决不人云亦云，这是唯一可以告慰读者的。

问：为什么取名"念楼"？

---

① 马黎（1986—　），浙江杭州人，《钱江晚报》记者。

答：念楼便是我居住的二十楼，别无深意。

问：您以前说过，从没想过要以文字为职业，一直想学考古或植物学，为什么？后来为何又跟文字打交道了？

答：四九年进报社出于偶然，七九年"改正"后想改行去当工程师而未果，离休就离在出版部门，这就"他生未卜此生休"了。

问："走向世界丛书"影响了一代读者，不少人花高价找来旧版本珍藏。如今回头再看，这套书对您的意义是什么？放到现在来看，这套书的价值又在哪里？

答：北京奥运会的口号"One Wold，One Dream"，这正是"走向世界丛书"追求的目的。我很高兴，自己也能为达到此目的作了些许努力。

问：您多次谈及，最想出版的三套书是"走向世界丛书""现代中国人看世界""外国人眼中的中国"，为什么？

答：从中世纪到现代的历史，便是从划分为地区的世界进化为全球文明的世界的历史。中国是世界的一部分，从传统中国进化为现代化的中国，所经历的变化广泛而深刻。我设想的三套书要能反映出此一变化过程，自然具有历史的和现实的意义。

问：您非常喜欢周作人的文章，为什么？能否聊聊您跟他的交往。如今，您对他的认识，和过去相比有变化吗？或是有新的理解吗？

答：我一直喜欢周作人的文章，不仅因为它的风格和美，而是因为它深刻揭露和批判了宗法专制文化的痼疾，大力启蒙了现代科学和人本思想的文明曙色。六十多年，我的认识只有深化，没有变化。

问：您在《湖南日报》当过记者，作为您的小同行，很想知道您当记者的日子，能不能说说那时候您跑了哪些新闻？

答：报社九年，两年记者，五年编辑，一年总编辑室秘书，一年右派。记者采写值得说一说的，只有采访老农孔十爹（福生），稿件发表后反响较大；还有写常德的茶馆和手工业者的系列通讯，却成了"抵制报道中心任务"的典型。那时的地方报社，完全没有"跑新闻"的概念。我的右派言论之一，便是说过，"如今的报纸已经不是 mewspaper，不是新闻纸，完全没有 news，没有新闻了。"

问：一九八〇年代，您有很多创新的出版理念，影响了出版界和文化界，对于现在的图书出版，您怎么看？

答：我没有提出过甚么"理念"和"创议"。我这个人，在理论上很弱，不善于"务虚"。后来者居上，现在做出版的年轻人，很多都比我强，出的好书也不少。如果说，出版的现状还不能令人满意，那也不能怪他们吧。

问：您获得的是年度致敬奖。您和书，和文字打了一辈子交道，阅读对于您来说，是什么？

答：阅读从来是我的生活。

问：您最近在读哪些书？

答：我刚读完"上海浦睿"做的《耶路撒冷三千年》，正在读"后浪"出版的《世界历史上的蒙古征服》。都是好书。前者可惜太厚重，能分册就更好；后者的地图不够清晰，能换一换。

　　问：您会上网或者用手机阅读吗？如今我们处于一个新媒体时代，阅读变得越来越碎片化，您怎么看？

　　答：我是严重的青光眼患者，医生不许我看电脑屏幕和手机视屏，只能"传统阅读"。阅读的载体和方式在变，阅读的本质和意义不会变。惠施"其书五车"，五牛车书也装不满一个光盘，但用光盘的人亦未必比惠施更能读懂庄子，关键还在于能不能读，会不会读吧。

致萧和①　二通

一

　　自由由自由自己，这是胡适的名言。
　　人生本当享自由，此所谓天赋人权。
　　有时偏偏他不让，你我争取理当然。
　　但是全球几十亿，甲想吃糖乙想盐。
　　最好大家立规则，打球都别乱投圈。
　　齐心协力争权利，同登平等自由天。
　　读萧和作文谈自由与规则，喜其能讲出自己的看法，所以我也来讲一讲我的看法。

丁酉八月十一（2017）

锺叔河时年八十又七

二

　　很高兴能见到十一岁的你的题记。我比你大差不多八十岁。八十年后，你写的文章，定会比如今的我多得多、好得多。那时候，如果你还留着这本书，再回头来看看它，看看

---

① 萧和（2008—　），生于北京海淀，籍贯湖南安化，中国人民大学附属小学学生。

我俩题写的这些字句，一定会特别有意思的罢。

　　萧和小友留念。

锺叔河于念楼

庚子夏日（2020）

致某同志　一通 ①

同志：

　　看到《人民日报》上刊登的你们收购纸信封的旧邮票的广告之后，使我想起了一件事情。

　　我从前是喜欢集邮的，近几年来，因为工作忙，就把这个活动丢开了。但是，我还藏有一些各种邮票，其中并有些是比较罕见的（如中国国民党第二次全国代表大会纪念邮票册，当时据说一共只有数百册）。我想把它们让给别人，以免老是搁在自己身边，需要保管，丢掉是太可惜了，送人又无人可送。但是，不知你们是否需要。

　　如果你们需要这些中外邮票（外国邮票中我也有一些好的，如德国在一次世界大战后的通货膨胀邮票，还有日本侵略我国东北后发行的白山黑水邮票之类）的话，是否可请写一信给我，说明收购办法及手续，我可以先把邮票寄给你们，再由你们作价。至于价格高低，我并不计较。只要不和我以前收买这些邮票时所花的钱相差得太远，也就行了。

　　来信请寄"长沙新湖南报工业部"交我即可。

敬礼

锺叔河

1.9（1958）

---

① 私人所藏。

致杨华 ①　一通

杨华同志：

　　你好！

　　烟台一别，忽忽四年，想你一切都顺利。衣锡文同志还在和你同事吗？李思崇同志还在店里负责吗？均在念中，见到他们请代问好。（我已由岳麓书社调到省局了，地址详名片。）

　　我想自费买一部贵店印行的《清实录》，不知一共要多少钱？能否享受一点同行购书的优待？因为我一直在研究清朝人走向世界的问题，需要常用此书，最近在北京出了一本书会有一点稿费收入（书随后寄请你指正），所以有此奢望。长沙书店无此书供应，而且在门市上买也非个人所买得起了。

　　盼你能拨冗回我一个简信。只要我买得起，我会托人带钱来找你的，书也由他带走，不必邮寄的。

　　谢谢。并祝

文安

锺叔河

1991.4.25

---

① 杨华，北京中国书店负责人。

致孙虹 ① 一通

小孙：

　　谢谢你那天陪我们去植物园。植物其实也不过如此，当时觉得新鲜，现在又没有多少记忆了，但对人的记忆却还鲜明。

　　青年人其实也不一定要搞学问，古人就说过，"世事洞明皆学问"。人，人的生活，人群的生活，无一莫非学问。你们的生活都还是充实的，不过也须要处处留心，时时体会罢了。

　　照片洗出来了吗。这次回来，得到上次到韶山去的照片一张，寄把小杨和你看看。这是我第一次到韶山。身后的那栋屋子，我从不把它看成圣地，但确实把它看成是一个历史的见证。匆匆，祝好

锺叔河

9.17（1987）

---

① 不详。

锤叔河声明　一通

　　拍卖会出现了落款"锤叔河（印）乙酉秋日"的对联"张翰乡思莼有约，韩康市隐药无名"，上款"英甲君雅属"，得知后不能不声明：

　　一、此联不是我写的，英甲君亦从无接触。

　　二、我的字劣，不值钱，亦从未卖过钱。文字之交，笔墨往来，或有留存，意亦当在人而不在书，流入市场，实属不伦，亦大非所愿也。

　　三、望九之年，又多病痛，题词签名，只能恳辞，非旧友故交惠寄函件，亦恕不奉答了。

　　　　　　二千零一十九年十一月十八日于念楼